KB065646

*From Germany to Paris*

박광근 회장 회고록

# 독일에서 파리 까지

배병휴 지음

존경하는

<u>　　　　　　　　　　</u> 님께

드립니다.

<u>　　　　　년　월　일　</u>

From Germany to Paris

박광근 회장
회고록

# 독일에서
# 파리까지

prologue

머리말

***

　55년이라는 긴 세월 동안 유럽에서 생활한 것이 자랑할 것은 없겠지만, 나이 80을 넘기고 돌이켜보면 회고록이라도 남기고 싶은 심정에서 자서전 작업을 시작하게 되었습니다.

　1966년에 서독 광부 3년으로 시작된 유럽 생활이 55년이 되고 보니 이제는 저의 일생을 정리할 단계라 생각하여 지나온 여정을 회고록이라도 남기고 싶어 배병휴 회장님께 부탁을 드리게 되었답니다. 돌이켜보면 부푼 꿈을 실행하기 위하여 저 나름대로 바쁘게 살아왔다고 자부해 봅니다.

　1972년에 창립된 파리연합교회와 1973년에 시작한 「오아시스」 한국식당(유럽 최초 한식 식당)을 30년간 운영해 오면서 겪어 온 많은 역사도 잊지 못할 추억이었습니다.

　또한 재불 한인회 회장과 서울올림픽 후원회 회장, 평통자문위원, 세계 한민족대표자회 프랑스대표, 세계한인상공인총연합회 프랑스 대표 등 버거우리만큼 많은 역할도 해왔습니다.

***

마르느 라 발레 신도시 한국기업 투자유치와 파리 라 데팡스 신도시 한국기업 투자유치 담당을 맡아 기대가 컸지만 무산된 것도 아쉬운 대목입니다.

그리고 경부고속철도 노선 토목공사에 교량 방수 사업에 siplast사 한국 지사장을 맡아 열심히 노력했으나 한국 경쟁업체의 도전에 천안-대전 간 시험구간에 3건 낙찰로 마감했습니다.

또한 한국 하수종말처리장 건설 사업도 프랑스 환경 사업체인 Veolia와 Degremont사 한국지사의 사업 고문으로 열심히 노력했으나 그 역시 좋은 성과를 거두지 못하고 마무리했으나 고속철도와 하수종말처리장 사업에 기여한 바는 크다고 자부해 봅니다.

20여년 동안 한국에서의 인연으로 맺어진 모든 분들께 감사드립니다.

회고록을 집필해 주신 배병휴 회장님과 도서출판 말

***

벗 대표님께 심심한 사의를 표하며, 20여년 동안 한국에서의 인연으로 맺어진 모든 분들께 감사드립니다.

또한 박성범 전국회의원, 권이종 박사, 한상현 담임목사, 최준호 교수, 박관식 소설가 여러분들의 따스한 격려의 글도 감사드립니다.

회고록 출판에 물심양면으로 지원해준 가족 분들께도 감사한 마음을 남기며 머리말로 매듭짓겠습니다.

2021년 8월

박 광 근 드림

# Contents

제1장 미지의 세계 파독 광부 3년

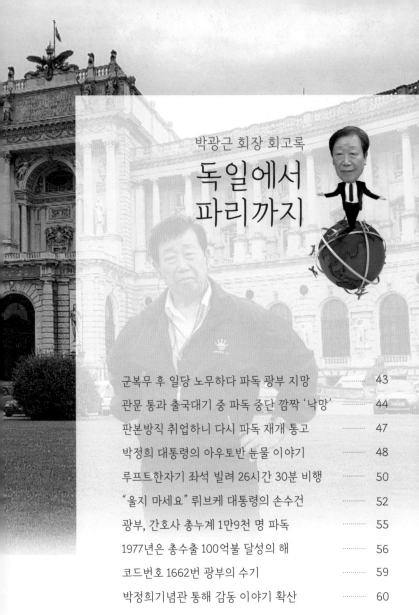

박광근 회장 회고록

# 독일에서
# 파리까지

## 3. 박광근 광부는 누구인가

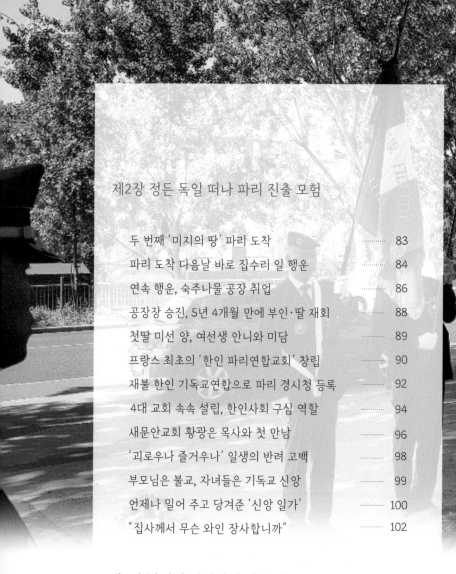

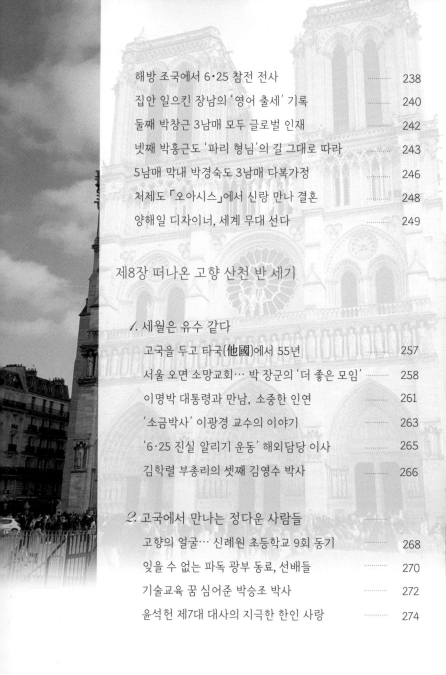

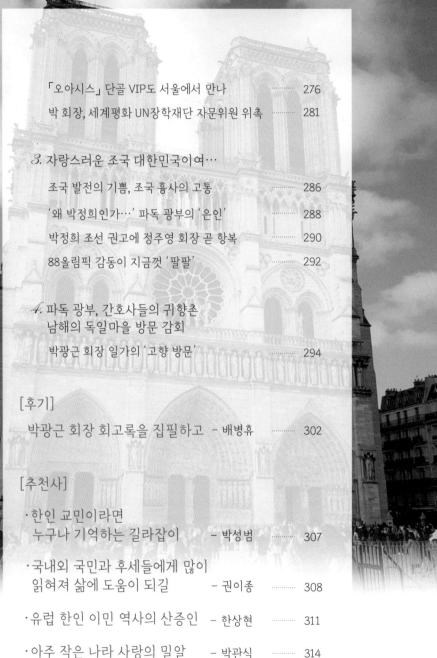

# 제1장

―

## 미지의 세계
## 파독 광부 3년

# 1. 파독, 중노동 '바늘구멍'의 행운

## '옛날 옛적'
## 이야기의 시작

미지의 세계 서독으로 파견된 광부인생을 어떻게 회고해야 옳은가. 그때 그 세월, 광부를 누가 감히 '막장' 중노동의 천직(賤職)이라 부를 수 있었을까.

지금 되돌아보면 참으로 오래된 옛날 이야기를 시작해야 할 참이다.

벌써 50년이 지나고 곧 60년에 이르는 옛 이야기라 요즘 세월에 비춰보면 고담(古談)집에 나오는 옛 할아버지가 손자들에게 들려준 이야기, "꼬부랑 할매가 꼬불꼬불 산고개

박정희 대통령 독일 방문.

넘다가 호랑이가 제일 무서웠다"는 이야기에나 비유될까.

1966년 7월 30일, 파독 광부 제7진으로 생면부지의 나라 막장 노무인생으로 떠난 초보광부 박광근(朴光根)의 눈물 이야기다. 아니 죽기 살기식 생존을 위한 극한투쟁으로 팔자를 고친 성공 스토리다.

박광근 광부는 광부노무 계약 3년을 만근(滿勤)하고 끝내 유럽에 정착함으로써 자수성가형 사업으로 성공하여 온 가족과 일가를 바로 세우고 빛을 냈으니 밀양박씨 가문을 영광스럽게 했다.

여기서 한 걸음 더 나아가면 파독 광부와 간호사들의 피땀 어린 '마르크화' 월급이 꼬박꼬박 고국으로 송금되어 나라의 경제개발 종자돈으로 요긴하게 활용됐으니 애국, 충성한 역사의 한 페이지이기도 했다.

## 천신만고로 붙잡은 요행의 길이었다

그 시절 가난한 무명의 나라 젊은이가 부자나라 광부 일자리를 잡은 것은 거의 하늘이 도와준 천운이나 다름없었다.

서독으로 가는 광부를 천직(賤職)으로 보는 사람은 없었다. 고졸 학력 응모자격에 대학생, 대졸생들이 무더기로 몰려들어 치열한 경쟁 속에 겨우 천신만고로 붙잡은 요행이 아니었던가.

우리 이야기의 주인공 박광근은 충청북도 진천군 이월면

사당리에 본적을 두고 밀양박씨 양반댁 천안군 수신면 지서장의 경찰관 셋째 아들로 태어났으니 귀골 신분에 속했다.

그러나 6·25 참전으로 부친이 전사하고 모친마저 급히 별세하여 불우한 청소년 성장기를 헤매야만 했다. 그러다가 군복무 3년여 의무를 마치고 생업 일자리를 찾다가 우연히 파독 광부 공모를 보고 응모하여 합격했으니 행운이 아니고 무엇인가.

이날 김포공항을 통해 출국한 일행이 500여명이라고 했지만 그가 평소부터 알고 있던 친숙한 얼굴은 없었다.

난생 처음 구경한 루프트한자(Lufthansa) 비행기 보잉 707기가 너무나 웅장했다. 해외여행이 아주 희귀했던 시절, 팔자 좋은 사람들이나 타볼 수 있다는 비행기를 파독 광부라는 이름으로 탑승했으니 얼마나 감격스럽고 영광인가. 그

헝가리 부다페스트 방문.

렇지만 온통 감격에 벅찬 첫 해외여행이었다.

　다만 초보 광부 박광근의 파독 목적과 신념은 너무나 또렷하고 확고했다.

　세계2차대전의 전범국인 서독을 찾아가는 강철 같은 의지의 도전과 호기심으로 일찍이 '라인강의 기적'을 이뤄 스스로 팔자를 고쳤다는 나라의 기회를 탐구하기 위해 떠난 길이었다.

## 장장 25시간
## 비행 끝에 신비의 이국땅

　이날 출국한 제7진 광부들에 앞서 5·16 군사혁명의 최고 지도자 박정희(朴正熙) 대통령이 서독 정부로부터 비행기 좌석표를 빌려 타고 상업차관 얼마큼을 구걸하러 갔던 나라가 서독 아닌가.

　당시 군복무 중이던 박광근 육군 병장은 이 같은 사실을 알지 못하고 있었다.

　나중에야 귀동냥으로 듣고 알았던 사실이지만 박 대통령의 방독에 뒤이어 떠난 박광근 일행은 "돈만 벌 수 있다면 지옥의 문이라도 뚫고 간다"는 각오였다.

　아마도 "운명아 비켜 달라. 대한민국 사나이가 간다"는 절박한 심정 아니었을까.

　그로부터 어느새 세월이 흘러 고국을 떠난 이국땅 타향살이가 '인생 칠십고래희(人生七十古來稀)'를 훨씬 넘어 여든

고개마저 훌쩍 넘어 섰으니 세월의 무심 아닌가.

그러니 그때 그 세월 이야기라면 너무나 낡고 케케묵은 옛 이야기가 아니겠는가. 그렇지만 주인공 박광근 회장의 간절한 회고로 보면 지금은 모두가 소중하고 잊을 수 없는 감격과 추억 아니고 무엇일까.

그날 밤 김포를 출발한 보잉 707기가 홍콩이나 방콕, 베이루트 등 이름 모를 곳곳 공항에 기착했던 기억이다. 당시 최신형 여객기라고 했지만 요즘에 비하면 항속거리가 짧아 도중에 자주 기착하여 주유했었다고 들었다.

이 와중에 신비하고 이색적인 외국 풍물들을 눈여겨 지켜볼 여유가 없었다. 오직 지루하고 답답한 여행이었다는 기억이다.

장장 25시간의 긴 비행 끝에 목적지인 뒤셀도르프 공항에 도착하니 예상했던 대로 몽땅 낯선 이국땅이었다. 더구나 예정된 일터인 탄광은 라인강변 따라 한참 북상한 공업

지대 루르 지방에 위치한 뒤스부르크 마이데리히의 티센 광산이라고 했다.

서독 제1의 티센 철강사 계열 자회사 광산이라니 믿을 만했다. 제7진 동료 가운데 이곳 티센 광산으로 150여 명이 배치됐다고 들었지만 누가 어떤 기준으로 배치했는지는 아무도 설명해 주지 않았다.

숙소 배정을 보니 2인 1실로 듣던 소문과는 달리 깨끗하고 쾌적한 편이었다. 모국에서 파독 광부 후보로 선발되어 강원도 탄광촌에서의 체험에 비하면 매우 훌륭했다. 잘사는 나라는 광산촌 풍경마저 다르다고 느꼈다.

## 막장 채탄부 바랐지만 '한직' 창고직 배치

박 광부 일행들은 돈 버는 것이 목적이기에 편한 직무보다 막장 채탄부를 희망한 편이었다. 그런데도 희망과는 달리 채탄 관련 장비나 물자 등을 보관·관리하는 창고직으로 배정되니 한직으로 밀려난 기분이었다.

창고직이 위험한 막장 중노동에 비하면 편하고 안전한 것은 물론이지만 월급이 문제 아닌가. 채탄부는 월 1000마르크인 데 비해 창고직은 600마르크라고 하니 너무 큰 차이다.

그나마 서울의 일류 직장 월급에 비하면 2~3배에 해당된다는 비교이니 다소 위안이다.

박광근 일행은 이제부터 광부의 일상이란 오로지 절약과 근면이라고 이를 악 물었다. 이역만리 낯선 타국에서 주어진 업무 외에 다소 남는 시간에도 뭔가 일을 찾고 기회를 활용하겠다고 각오했다. 행여 외로움과 향수에 젖어 돈과 시간을 낭비할 수는 없었다.

담배 한 모금 이외에는 따로 돈 쓸 일을 만들지 않고 월급봉투를 본국으로 몽땅 송금했다. 얼마큼 지나 낯선 환경에 적응하고 동료간 정이 쌓여 맥주 한 잔씩 나누는 것이 낙이었다. 맥주의 나라 독일의 맥주는 일상의 음료수로 비싸지 않았다.

종종 현지인들이 일본인 광부로 착각하여 맥주잔을 건네주는 호의를 베풀기도 했다. 얼마 전까지 일인 광부들이 하던 일을 계약만료로 한국인 광부들이 맡고 있다는 사실을 모르고 있었다. 똑같은 동양계라 얼굴을 분간할 수 없었던 모양이다.

맥주 한두 컵 다음에는 「타향살이」나 「황성옛터」 같은 흘러간 노래 코스로 울적한 기분을 달래기도 했다. 박 광부는 출국 전에 서둘러 결혼한 신혼의 부인을 홀로 남겨두고 훌쩍 출국한 외로운 신세 아닌가. 숙소에서도 종종 하모니카와 아코디언으로 혼자 고독을 달래기도 했었다.

아코디언은 일찍이 미군부대에 다닌 형님들이 구해 와 자주 켰으니 정들고 익숙한 악기였다.

# 이발 부업···
# 뜻있는 곳에 길 있었다

채탄부 희망이 무산된 창고직이 한직이라고 실망할 까닭이 없었다.

'궁즉통(窮則通)'이라는 말처럼 뜻밖에 주말 여유시간을 활용할 수 있는 수가 생겼다. 무려 500여명이 북적대는 기숙사 동료들 사이에 머리를 깎아야 하는 바리캉 이발 부업이 자연스럽게 나타났던 것이다.

바리캉 이발이라면 박광근 광부의 주특기라고 자부할 수 있다. 군복무 시절 내무반 동료들을 까까중머리로 깎아준 전력이 있었다. 이를 밑천으로 중고품 바리캉 하나를 구해 기숙 동료들의 머리를 깎아주자 소문이 퍼져 나갔다.

이에 서울서 이발 기구 세트를 준비해온 광부 동료로부터 이를 인수하여 터놓고 이발 부업을 벌였다. 이발관에서 5마르크 받는 바리캉 조발을 2마르크로 서비스하자 주말과 휴일 일감이 밀려났다. 본업인 광부 노임 못지않을 만큼 부업 수입이 오르니 속으로 무슨 횡재냐 싶었다.

다시 월말 월급봉투를 받을 때면 본봉 외에 각종 수당이 좋다는 소문이 돌았다. 듣고 보니 기혼자에게는 가족수당과 자녀 양육수당이 주어진다고 했다.

이에 서둘러 모국에 있는 부인과 연락하여 증빙서류를 갖춰 가족수당을 보태니 월급봉투가 좀 더 두터워졌다. 언제 어디서나 뜻이 있으면 길이 있다는 교훈을 새삼 터득하

기에 이른 일들이다.

## 신앙생활···
## 하루하루가 희망의 연속이었다

광부의 일이 중노동이라고 했지만 박 광부에게는 꿈과 목표가 있었기에 하루하루가 늘 새로운 희망의 연속이었다. 행여 한가한 시간의 낭비를 경계하여 틈틈이 기독교 신앙의 생활화도 그 중의 하나다.

이왕 어려운 관문을 뚫고 먼 타국으로 왔으니 "계약기간 3년을 마치고 그냥 빈 손으로 귀국할 수는 없다"고 속으로 다짐하고 있었다.

가장 먼저 경제대국 독일어를 배워야겠다고 다짐했다. 뒤스부르크 시내에 있는 독일어 학원 괴테 인스티튜드에 등록했다. 뒤따라 30여명의 동료들이 등록하여 분위기를 높였다. 그러나 오래지 않아 다들 그만두고 외대 독어과 출신 한 명과 박 광부 등 단 2명만이 끝까지 공부했다.

박 광부의 '임전무퇴'식 독일어 공부가 듣고 말하기 코스를 주파함으로써 광부 가운데 미국으로 이민 가겠다는 동료들의 인터뷰 통역을 맡을 수 있었으니 퍽 성공한 수준 아닌가. 박 광부의 독일어 학습 성과는 광부 3년 이후까지 독일 체류 자격 획득의 의미도 있었다.

기독교 신앙생활이란 파독 광부 인생의 친근한 필수 반려의 성격이었다. 이곳 뒤스부르크 유일의 한인교회 이영빈 목사와 친분을 쌓아 그의 목회 활동 전도사 역할을 전담하다시피했다. 파독 간호사들의 예배 요청에 따라 독일 전국 도시마다 예배를 안내하기도 했다.

이 같은 활동을 바탕으로 곧이어 광부, 간호사, 간호조무사뿐만 아니라 유학생들까지 참여한 '재독 한인 기독교연합

오스트리아 비엔나에서.

회'를 결성할 수 있었다.

연합회는 크리스마스 연합예배를 통해 많은 교우들을 결속시키고 단체여행으로 친목을 쌓을 수가 있었다. 독일 내 유명 유적지를 두루 탐방하고 네덜란드, 벨기에, 프랑스, 이태리 등 이웃나라 여행도 안내했다. 때론 처녀 총각들의 만남을 주선한 중매 역할도 마다하지 않았다.

이 무렵 프랑스 파리여행을 6회나 안내하면서 파리대학원에서 심리학을 전공한 이유진 박사와 친분을 쌓아 광부계약 만료 후 파리로 진출하라는 권유를 받았다.

이 박사는 파리에 오면 대학진학의 기회도 안내해 줄 수 있노라고 약속하여 실제로 나중에 소르본대학 철학과에 등록한 계기가 됐다.

이들 모두가 파독 광부를 근거로 한줌의 시간낭비를 경계하며 나름대로 기회를 창출하고 열심히 활용토록 노력한 결과가 아닐까 싶다.

## 티센 폐광 후 광부 참맛 채탄부 체험

한동안 티센 탄광에서 안정생활에 젖어 있다가 어느 날 갑자기 광산 폐쇄 소식이 전해 왔으니 '날벼락'이자 비보였다. 서독 정부의 에너지 정책이 석탄에서 가스로 전환되어 폐광할 수밖에 없었다는 설명이지만 먼 타국에서 온 광부들이 무슨 죄인가.

서독 정부 방침 따라 3년 고용계약으로 왔는데 도중에 내
쫓는다는 말인가. 모두들 불복할 수밖에 없다고 생각했다.
본국에서 파독 광부 후보로 선발되어 채탄 실습까지 끝내

막장 입구에 설치되어 있었던' 살아서 돌아오라' 뜻의 간판.

고 출국 날짜를 기다릴 때 "서독 정부의 정책이 바뀌어 파독이 중단될 수 있다"는 소문이 퍼진 적이 있었다. 이때는 눈에 불을 켜고 노동청 앞에 가서 집단시위를 했더니 다시 파독하겠다는 방침으로 바뀌어 곧 출국할 수 있었다.

그러나 지금은 모국 정부 방침이 아니라 독일 정부의 에너지 정책 전환이라고 하니 어디 손 쓸 언덕마저 없지 않는가. 절망과 당황 분위기 며칠 뒤에 다시 낭보가 찾아왔다.

다소 먼 거리로 이동해야 하지만 같은 티센 그룹 계열의 딘스라켄(Dinslaken) 광산으로 재배치된다니 그나마 안도할 수가 있었다.

가서 보니 티센 광산의 창고직 때 재미 좀 본 이발 부업을 할 수 없어 종료되고 지하 막장 채탄부로 배치되니 파독 3년차에 진짜 광부의 참맛을 보게 됐다.

파독 후 독일어 배우고 독일 풍물도 익혀 퍽 친근해진 처지이지만 채탄광부로서는 초보 신세였다. 그동안 듣던 소문대로 지하 채탄부 작업은 위험을 동반한 중노동이었다.

Hobel(대패)로 석탄층을 깎아 가면 공간이 생겨 서까래를 떠받치는 기둥을 세우는 작업으로 위험천만의 연속이다. 각종 안전장비를 구비했다고 하지만 기본적으로 석탄가루 천지에다 지열과 지하수로 뒤범벅된 최악의 작업환경이었다.

뒤늦게 채탄 작업에 배치된 초보 광부로서는 요령 모르고 서툴 수밖에 없었다. 어느 날 죽을 뻔한 고비도 한 차례 겪어야만 했다.

탄맥을 파고들면 태곳적 거목이 퇴적되어 탄화된 모습이 드러난다. 거목의 껍질이 굳은 '버걱' 조각들도 파편이 될 수 있는 흉물이다.

오랜 탄화 과정에 돌덩어리로 굳은 케셀(kessel)이 벼락같이 쾅 쏟아지는 사태가 연발하기도 한다.

채탄 경험이 많은 노련한 광부들은 비상사태 조짐을 눈으로 보고 피부로 느껴가며 위험을 회피한다.

그런데 초보 박광근 채탄부는 앞만 보고 작업하다 케셀의 위험에 그대로 노출되고 말았다. 가까이 있던 독일인 동료가 순식간에 허리를 잡아당겨 겨우 압사를 모면하도록 구원해 줬다.

이때 광부 동료가 사정없이 힘껏 잡아당기는 바람에 허리에 장착한 배터리와 안전모의 헤드라이트를 연결하는 전선줄이 끊어지고 말았다.

다행히 큰 상처 없이 살아남을 수 있었던 것은 순전히 같은 작업조 선임 광부의 도움이라고 감사하게 회고한다.

## 막장서 지상 오면 담배 한모금 꿀맛

알고 보니 딘스라켄(Dinslaken) 광산의 위치는 히틀러 시대 악명 높은 유태인 수용소 근방이었다. 그러니 악업의 묵은 때와 악취가 풍길 수밖에 없다고 느꼈다.

실제로 기숙사 시설도 전반적으로 노후하고 불결감이 물

씬 풍겼다. 이 때문에 다소 비용을 각오하고 개인 셋방을 얻어 숙식을 해결하기로 했다. 탄광과는 다소 거리가 있어 이태리산 소형 오토바이를 사서 출퇴근했다.

오토바이 운전은 교통안전 수칙이 엄정하여 늘 조심했지만 사고는 예고 없이 오는 법인가. 어느 날 비가 온 뒤 도로에 물기 먹은 모래가 다소 쌓인 커브길을 회전하다가 모래 탓으로 8m 가량이나 미끄러졌으니 혼비백산 꼴이었다.

다행히 주행 차량이 없어 대형 교통사고로 연결되지는 않았다. 초보 광부는 행운이 몇 차례나 돌봐준다고 속으로 감사했다.

지하 채탄 작업은 정확히 8시간제로 엄수된다. 지하에서 지상으로 올라오면 이름 그대로 지상낙원이다. 우선 탈

오스트리아 비엔나에서.

의장 앞 의자에서의 담배 한 모금이 꿀맛이다. 이어 샤워한 후 옷을 갈아입고 숙소로 가면 기다리던 한국음식 냄새가 환영한다.

터키나 이태리 등 각국 출신들도 저마다 자국 음식향기에 젖을 것은 물론이다.

담배 이야기가 나왔으니 부자나라가 된 독일인들의 절약정신 한 토막을 잊을 수가 없다.

광산마다 안전교육은 필수다. 티센 탄광 교육담당 선생님이 휴식시간이면 종이봉지에서 담배가루를 꺼내 종이로 말아 피우는 모습을 지켜봤다.

어릴 적 시골 머슴들이 신문지 종이에 엽연초를 말아 부싯돌로 불 붙여 피운 장면이 연상된다. 6·25 때는 인민군 패잔병이 산속에 떨어진 유엔군이 뿌린 삐라 종이에 담배를 말아 피우기도 했다.

독일 선생님이 담배 가게에서 쉽게 사다 피울 수 있는 담배를 두고 왜 봉지 담배를 피울까 궁금했다.

그래서 "왜 직접 봉지 담배를 말아서 피우십니까"라고 물어 봤다. 그는 봉지 담배가 곧 '돈 절약'이라고 즉답했다. "휴식시간마다 종이에 말아 피우자면 귀찮아서 자주 못 피우는 것도 절약 아니오"라고 덧붙여 설명했다.

우리네 광부보다 최소 월급이 3배 많은 독일 선생님의 절약강의 한마디가 오래도록 가슴에 남았다. 다만 머나먼 이국땅 외로운 타향살이에 담배만은 어쩔 수 없는 필수품이라고 강변할 수밖에 없노라고 고백하는 심정일 뿐이다.

# 광부 3년에 대해
## '누가 묻는다면…'

파독 광부 3년은 일생의 아주 '좋은 기회'였노라고 회고한다. 지금은 여럿 사장, 장로 등을 거쳐 재불 한인회 회장 등을 역임한 성공 모델로 평가되는 것이 사실이다.

실제로 성공을 다 거두고 지금은 은퇴한 홀가분한 처지로 모국을 종종 방문하는 박 회장은 파독 3년(1966~1969)에 대한 평가를 누가 묻는다면 "만족이라고 당당하게 답변하겠다"고 말한다.

한걸음 더 나아가 5·16 군사 정부가 그때 '라인강의 기적'을 이룬 나라에 인력수출을 통해 상업차관 도입을 발상한 사실부터 감사하고 싶다는 심경이다.

박 회장의 회고를 더듬어 보면 파독 3년 계약기간은 한치 낭비 없는 입지(立志)와 도전과 성취였다. 다소라도 남는 시간이 생기자 독일어 배우고 신앙생활로 넓은 친교를 쌓고, 다시 이를 바탕으로 프랑스로 진출하여 사업으로 성공하며 모국의 경제발전에도 여러모로 기여하지 않았는가.

박 회장은 파독 계약기간 만료에 맞춰 당시 정부 공관에서는 귀국을 종용했지만 끝내 파리 진출을 결행했다. 더불어 소르본대학에 등록한 후 생업을 개척하고 파리 연합교회 설립, 재불 한인회 회장 등 1인 다역으로 종횡무진했으니 지성감천의 산증인이라고 봐야 한다.

박 회장은 이 무렵 파독 광부의 꿈을 안겨준 뒤스부르크를 제2의 고향 방문의 심정으로 틈틈이 찾아간 적이 있었다. 이때마다 정든 옛 터전이 거의 흔적도 없이 변한 '상전벽해'를 아쉽게 돌아봤다. 이미 독일 전역에 탄광이 사라졌기 때문이다. 광부라는 직종마저 반환경 직종으로 삭제되고 말았으니 그 느낌이 오죽 할까.

곧이어 모국 대한민국도 산업화에다 민주화마저 성공하여 석탄 에너지가 석유를 거쳐 원자력과 가스시대로 바뀌었다. 이 때문에 파독 광부 후보들이 채탄 실습했던 강원도 일대 탄광들은 모조리 폐쇄됐다.

폐광지대에는 내국인이 출입할 수 있는 강원랜드 카지노가 들어서고 고산지대 골프장이 개장됐으니 가히 천지개벽이라 해야 하지 않겠는가.

## 2. 꿈과 열정의 시대 꿈

### 되돌아보니
### 감미로운 추억

노후의 은퇴 삶이란 꿈과 열정의 시대가 아름다운 추억이다. 어쩌다 방독할 때면 파독 광부 선발 시험표 앞뒤 번호 동료인 구영서 씨를 생각한다.

덕수상고를 졸업한 머리 좋은 친구로 바둑도 고수였다. 대독 기독교연합회 조직을 통한 파리관광여행에서 평생의 반려를 만났으니 박 광부가 사실상 중매 역할을 한 셈 아닌가.

파독 간호사 가운데 누님으로 호칭해야 할 권영화 수간 호사님의 손길과 발길이 떠오른다. 6·25 때 간호장교로 참 전한 후 파독 간호사의 지도적 언니 역할을 다했다. 박 회장 보다 6년 연상인 권 수간호사는 홀몸으로 지내다가 몇해 전 임종했노라는 쓸쓸한 소식을 들었다.

특별하게 회상되는 열성 광부가 경희대 체육학과 출신 의 문홍근이다.

건장한 미남형 축구선수로 파독되어 단체여행에도 줄곧 참여하면서 짝이 그립다며 중매를 간청했었지만 맺어 주지 못한 것도 아쉬웠던 기억이다.

또 다른 기억이나 추억이 뭐가 남아 있을까.

채탄 광부 시절 탄맥에서 흘러나온 온갖 진귀한 화석(化

石)들을 수집한 적이 있었다. 각종 곤충이나 물고기, 고사리 줄기나 나뭇잎 형상이 고스란히 박힌 돌 화석이 너무 신비했다.

문득 수석(水石) 동호회원들의 수집 취미를 이해할 만도 했다. 이들 화석 수집을 통해 학창시절 교과서에 나온 화석 이야기가 사실임 확인했다.

그러나 오래지 않아 화석이 변질하고 붕괴하니 실망스러웠다. 웬 까닭인지 알 수 없었는데 어쩌면 지질 탓인지도 모른다.

아름다운 로맨스는 있을 턱이 없다. 서울에 신혼 신부를 혼자 두고 온 처지 아닌가.

단지 독일을 떠나기 직전 단체여행 일환으로 라인강 유람선 관광코스에 올라 독일 학생일행과 장시간 대화한 기억이 새롭다. 여고생인지 여대생인지 알쏭달쏭한 얼굴들이 발랄하고 깜찍했다.

독일어로 대화가 가능했기에 분위기가 고조되어 독일어로 하이네 시를 읊고 가곡도 몇 토막 흥얼거렸다. 순식간에 깜짝 놀라 박수가 쏟아졌다.

아마도 낯선 동양계 오빠급 노총각에게 보내는 감탄사가 아니었을까 싶다. 그때 반팔 차림의 여고생 팔뚝에 솟아 있는 노란 솜털이 햇볕에 금빛으로 반사되어 너무나 아름다웠던 인상이 지금껏 남아 있다.

스페인 키메라 저택 파티에서.

## 파독 행운 전야의
## 숱한 우여곡절들

　도대체 파독 광부의 행운이 어디서 어떤 경로로 찾아왔
을까. 젊은 청년으로서는 꿈도 못 꾼 특별한 행운이었다.

　6·25 참전 국가유공자인 경찰관 유자녀 5남매 중 셋째
로 태어났지만 부친이 전사하자 집안 기둥이 무너지고 말았
다. 그리고 얼마 안 돼 강인한 모성의 모친마저 중병으로 별
세하니 갑자기 오갈 데 없는 불우 청소년 신세가 됐다.

　두 형님은 이런저런 연줄을 잡아 미군부대 하우스보이로
집을 나갔으니 좋은 취직이나 다름없었다. 반면에 남은 3남

매는 인근 당숙댁으로 분산되어 전전했다. 박광근은 5촌 당숙댁 농사일을 거들면서 밥을 얻어먹었지만 머슴살이나 다름없었다.

겨우 초등학교를 졸업한 학력으로 언제까지 머슴살이나할 수 있느냐고 생각하니 서울 가서 자립의 길을 찾아보자는 결심이 생겼다. 서둘러 서울 하왕십리 쪽에 셋방 하나를 얻어 온갖 잡역으로 뛰었다.

같은 또래 친구 녀석들이 어느덧 고교 2학년에 다니고 있었다. 어찌어찌하여 용두동 벌판에 있는 고흥중(현 청원중) 2학년에 편입, 졸업했다. 곧이어 단국대 계열 백남공고 전기과에 역시 편입으로 들어가 졸업할 수 있었다.

6·25 전후의 혼란과 무질서로 학제마저 불안정하여 입학과 중퇴, 편입이 관행이던 때에 고졸 학력을 갖췄으니 그나마 다행이라고 자족했다. 그러나 한시가 급한 취직이 문제였다. 어디를 기웃거려 봐도 일자리가 없었다.

새문안교회 황광은 목사께서 "교회에 나오면 취직시켜 주마"라는 전갈을 보내왔다. 1960년 대한소년단 중앙단본부 편집부에 취업한 행운이 이때였다. 원고 청탁이나 하고 소소한 잡무를 맡는 직책이었다. 그나마 2년쯤 근무 중에 군 소집영장이 배달되어 육군에 입대해야만 했다.

1962년 12월, 논산훈련소를 거쳐 졸병(군번 11105852번)으로 강원도 인제군 관대리 운전학교를 거쳐 원통에 있는 제3군단 예하 박격포부대 수송부에 배치되어 3년 가까운 의무복무 기간을 마치고 제대했다.

# 군복무 후 일당 노무하다
## 파독 광부 지망

이 무렵 박격포 부대는 상급부대의 높은 분들이 헬기편으로 자주 시찰 오는 바람에 환경미화 병사들의 복장단장 군기가 엄격했다. 이때 내무반장인 박 병장이 낡은 바리캉 하나를 구해 병사들의 빡빡머리 조발 서비스를 맡아 "이발 솜씨 좋다"는 지적을 받았다.

당시 군대는 "명령으로 하라면 아무거나 해야 하는 법"으로 통했다. 그러나 박 병장으로서는 이 시절 군대식 엉터리 조발 실습을 쌓았기에 뒷날 파독 광부로 실속 있는 '이발 부업' 재미를 거둘 수 있었으니 이 역시 행운에 속한다.

박 병장이 의무복무 기간이 꽉 차 제대를 앞두고 있을 때 부하 상병 녀석이 '잘난 매형' 이야기를 자랑했다. 부산 감천화력 관리부장으로 재직해 "무엇이든 부탁만 하면 통한다"는 자랑이었다. 이에 귀가 솔깃하여 제대하자마자 먼 길을 달려 찾아가 고개를 숙여 절하며 "일자리 하나 도와주십시오"라고 부탁했다.

실제로 관리부장 직책은 훌륭해 보였다. 즉시 "알아볼 테니 좀 기다려 보라"고 했다. 그렇지만 언제까지 기다려야 하는지 알 수 없어 귀동냥을 따라가 자갈치시장의 생선 등짐 운반 일당 노무직을 잡았다. 겨우 밥은 먹을 수 있는 노임이었다.

취직을 했으니 시장바닥 언저리에 있는 여인숙 방 하나

를 얻어 침식했다. 그러나 캐캐한 냄새가 지독하고 이, 벼룩, 빈대가 너무 극성이었다. 밤중에도 몇 차례나 깨어나 빈대 사냥을 했으니 신문지로 바른 벽지가 온통 빈대 피바다가 됐다.

절약하는 습성이 몸에 익어 목욕과 이발도 못했다. 어쩌다 더벅한 머리를 깎으러 싸구려 이발관에 들러 이발 의자에 앉아 밖을 내다보니 길 건너 벽보에 '서독 광부 모집' 공고가 눈에 띄었다.

달려가 보니 응모 자격이 광부경력 2년 이상, 고졸 학력 이상이었다. 문제는 응모 마감 날짜가 며칠 남지 않아 마감이 임박해 있었다. 순간 마음이 급해 가슴이 벌떡 뛰는 심정으로 서울행 기차에 올라탔다. 백남공고 전기과 졸업이니 학력은 충분했지만 광부 경력 2년이 문제였다.

## 관문 통과 출국대기 중
## 파독 중단 깜짝 '낙방'

미군부대 하우스보이로 갔다가 용산 미8군 장교 클럽에 근무 중인 큰형님께 상의하니 광부 경력 2년은 "알아봐 주겠다"고 약속했다.

그러나 큰형이 구해다준 광부 경력서는 접수처 창구에서 가짜로 들통이 나 낭패였다.

수소문하니 서울역 인근 남영동 노동사무소 가까이에 있는 대서사(代書士)들이 "돈만 주면 온갖 경력 증명서 조작이 가능하다"고 했다.

경력서를 만들어 접수 창구로 찾아가니 "영업시간이 끝났으니 다음에 오라"고 했다. 밖으로 나와 담뱃가게에서 최고급인 아리랑 담배 한 보루를 사서 뒷문을 두드리니 사정이 딱해 보였는지 청탁을 받아주어 접수할 수 있었다.

그러나 그 뒤 광부 적성검사와 시험, 면접 코스가 어렵다고 했다. 워낙 응모자가 많아 경쟁률이 높았기 때문이다. 무엇보다 제일 중요한 관문이 신체검사였다. 지하 수천 미

스페인 키메라 저택
파티에 참석차 전세기로.

터 막장에서 중노동을 감당하려면 강인한 체력이 필수 조건일 수밖에 없었다.

다행히 체력은 박광근 후보가 가장 자신 있는 항목이었다. 학창시절 철봉과 평행봉으로 단련한 기본 체력에다 최전방 군복무 3년간도 신체단련 기간이 아니었던가.

곧이어 합격통지서를 받고 실제 채탄실습 과정이 대한석탄공사 장성광업소 산하 도계탄광에서 40일간 진행됐다.

난생 처음 구경한 시커먼 석탄가루를 마시며 다이너마이트가 폭파된 캄캄한 갱도에서 삽질하고 탄차에 실어 나르는 전 과정이 숨 막히는 고행이었다. 그렇지만 죽기 살기식으로 끙끙거리며 무사히 통과했다.

어려운 절차를 거의 다 거쳐 출국 날짜를 꼽는 시점에 이르니 온갖 꿈과 기대가 한없이 부풀어 오르고 있었다. 그런데 뜻밖에도 서독 정부의 에너지 정책이 바뀌어 파독이 중단된다는 소문이 들려 왔다.

이런 청천벽력이 어디 가능할 수 있다는 말인가. 파독 광부 후보들의 분노가 금방 하늘을 찌를 기세였다. 서울 중구 소공동 미도파 길 건너에 위치한 노동청 앞으로 몰려가 함성을 울리며 거칠게 항의했다. 노동청 당국자들은 말도 못하고 죄인처럼 전전긍긍했다.

그렇다고 서독 정부의 방침을 광부 후보생들의 집단 시위로 바꿀 수 있을까. 그야말로 도중에 행운이 끝나 버린 캄캄한 절망 그 자체였다.

# 판본방직 취업하니
# 다시 파독 재개 통고

이때 매사에 적극적인 당숙모께서 인맥을 통해 낙심하고 있는 그의 구직에 나섰다. 서울 영등포구 구로구에 있는 판본방직(뒤에 방림방직)의 일자리를 알선했다. 당시 판본방직은 최고 신생 일터로 소문이 나 있었다.

오사카 재일교포 상인으로 크게 성공한 서갑호(徐甲虎)님의 대형 모국 투자사업으로 동양 최대 규모로 소개됐다.

필자는 판본방직 가동 직후 이낙선(李洛善) 상공부 장관의 시찰을 수행하여 수천 명의 여직원들이 일사불란하게 작업하는 모습을 취재, 보도한 적이 있었다. 기숙사 시설도 우수하고 월급과 각종 복지수당도 최고라고 들었다.

박광근은 파독 광부 대신 판본방직 입사로 월급 1만2천 원을 받게 됐으니 은행원의 월급 8천원보다 훨씬 많다고 자랑할 수 있었다. 그러나 오래지 않아 노동청으로부터 광부 파독이 재개되니 빨리 수속 절차를 밟으라는 통지가 왔다.

판본방직 일터가 월급이 많다고 했지만 서독 광부가 되겠다는 부푼 꿈이 되살아나니 사직을 택할 수밖에 없었다.

이 무렵 박광근은 극성 당숙모의 지극 정성으로 전주 이씨댁 규수 이상희(李相喜)와 결혼, 첫 아이 임신 2개월이었다. 신혼의 신부는 처가에 맡겨 두고 기숙사 생활하며 주말이면 빨랫감을 싸들고 평택 처가로 내려왔다가 휴일 늦게 상경하는 삶이었다.

이때 "다시 서독 광부로 가게 됐다"고 말하자 장모께서 펄쩍 뛰며 "안 된다. 신혼의 내 딸 혼자 두고 머나먼 타국으로 떠나는 법이 어디 있는가"라며 반대가 너무 완강했다. 그렇지만 박광근의 한껏 부풀어 오른 서독행 꿈은 말릴 수 없었다.

"장모님, 어서 빨리 돈 많이 벌어 집 장만하고 효도 다 하겠습니다"라고 몇 번이나 되풀이 간청했다. 세상에 자식 고집을 이길 수 있는 부모가 어디 있을까. 사위도 자식인데 저토록 간절하게 가겠다는 걸 어쩌랴.

장모께서 말했다.

"계약 기간이 3년이니 빨리 일 끝마치고 꼭 귀국하시게. 돌아와서 내 딸과 자식들 잘 보살펴야 하네"라고 신신당부했다.

박광근 광부는 이날 굳은 약속을 하고 무사히 출국할 수 있었다.

## 박정희 대통령의
## 아우토반 눈물 이야기

파독 광부와 간호사 등 인력수출은 5·16 정부가 순전히 서독 정부의 상업차관 도입을 위한 궁리 끝에 나온 발상이었다.

박정희(朴正熙) 대통령의 5·16 군사정부는 세계 최빈국에 속하는 "배고픈 국민들에게 배불리 밥 먹여주겠다"는 공약으로 집권하여 경제개발을 서두르고 있었다.

5·16 제2인자인 김종필(애칭 JP) 예비역 육군 중령이 만
든 혁명공약 제1호가 "절망과 기아선상에서 허덕이는 민생
고를 시급히 해결하고…"라고 선언했다.

그러나 미국 케네디 정부가 군사 쿠데타로 집권한 박정
희 정부를 인정할 수 없다면서 경제원조를 중단했다. 미국
정부의 자세에 따라 일본마저 한푼도 못 도와주겠다는 자
세였다.

솔직히 당시 대한민국의 형편상 미국 원조가 끊어지면
거의 죽은 목숨이었다. 대외 신용도가 밑바닥이니 독자적으
로 차관 도입을 추진할 방도가 없었다.

이때 구라파로 눈을 돌려보니 일찍이 '라인강의 기적' 달
성으로 돈이 풍부한 서독이 떠올랐다. 서독은 우리와 같은
국토 분단국이자 같은 반공국으로 동지 사이 아닌가.

5·16 정부가 온갖 외교력을 총동원하여 서독 차관을 교
섭했다. 서독 정부도 미국의 경원 중단으로 한국 정부가 매
우 어려운 처지라는 사실을 충분히 알고 있었다.

이때 1958년부터 혁명정부 상공부 장관인 정래혁(丁來
赫) 장군(현역소장)이 이끄는 '서독차관 교섭 사절단'이 세차
례나 방독했다.

드디어 1961년 8월 서독 정부가 1억5000만 마르크(US
3000만 달러)의 상업차관 공여에 동의했다. 그러나 한국의
대외 신용도가 낮으니 제3국 은행의 지불보증이 전제조건
이었다.

때마침 서독은 눈부신 경제발전을 누리고 있었지만 노동 인력난에 시달렸다. 탄광 광부의 경우 인근국 근로자와 일본인 광부를 계약 도입했지만 일본인마저 더 이상 광부노동을 기피했다.

바로 이때 계약 만료로 일인 광부가 비운 공간에 한국인 광부를 파견하겠노라고 발상한 것이다. 동시에 궂은일을 기피하는 간호사 부족 사태를 파악하여 간호·간병에 열성인 우수 간호사들도 파견하겠다고 제의했다.

바로 이들 광부와 간호사들의 3년 계약 노임을 1억 5천만 마르크 상업차관 지불보증 담보로 제공하겠다고 제안했다. 이에 대해 서독 정부가 즉각 만족해 호응했다. 이 결과 5·16 혁명 최고 지도자 박정희 대통령 부부가 서독 정부 국빈 초청으로 방독한 것이다.

## 루프트한자기 좌석 빌려
## 26시간 30분 비행

1964년 12월 8일, 박 대통령이 김포공항에서 서독 정부 초청으로 경제대국 독일을 방문하고 오겠다는 출국성명을 발표했다.

방독단은 박정희 대통령과 육영수 여사를 비롯하여 공식·비공식 수행원, 취재기자 11명 등 도합 36명이었다.

당시 정부는 대통령의 서독 국빈방문 계획을 확정한 후 출국 비행기 전세를 물색하자 무려 50만 달러를 요구하여 포기했다. 지금의 대한민국으로는 푼돈에 불과하지만 당시로는 이 같은 거액을 감당할 능력이 없었다. 하는 수 없어 다시 외교망을 움직여 은밀하게 서독 정부의 협조를 타진했다.

이에 서독 정부가 일본 도쿄에 기착하는 독일 국적기 루프트한자 1등석을 전세 내어 제공하겠다고 회답했다. 이로써 이날 김포공항에 루프트한자 649호기가 기착하여 박 대통령 일행이 출국할 수 있었다.

국빈 방독단 일행 36명의 1주일간 서독 체류비는 총 6만 3400 달러로 다소 거액에 속했지만 정부의 예비비로 충당했다.

박 대통령의 서독 정부 관계자에 대한 선물로는 병풍·족자·나전칠기 등을 준비하고, 파독 광부들에 대한 고국의 선물로 파고다 담배 1500갑과 기념메달 등을 특별히 준비했다.

김포를 떠난 루프트한자기는 서독으로 직행하는 것이 아니라 정기노선 따라 곳곳에 기착하느라고 무려 26시간 30분이 소요됐다.

뒷날 박광근 광부가 탑승한 파독 광부 제7진이 장장 25시간 비행했지만 박 대통령의 국빈방독 비행은 이보다 1시간 30분이나 더 지루했다.

당시 유일한 여기자로 수행한 정광모(鄭光謨) 기자(한국일보)의 취재록에 따르면 루프트한자기가 기착하는 공항마다 우리 영사와 대사, 독일 대사들이 영접했다.

수원 프랑스 참전 기념비 방문 프랑스 대사, 무관님과

그러나 한밤중에 기착한 뉴델리와 카라차 등 몇몇 공항
에서는 박 대통령 부부가 의자에 기대어 너무 깊이 잠들어
영접 못한 채 그냥 돌아갔다. 이때 공식 수행원들이 "우리는
언제 대통령 전용기를 갖출 수 있느냐"며 한탄했다고 한다.

## "울지 마세요"
## 뤼브케 대통령의 손수건

박 대통령이 탑승한 루프트한자기는 이집트 카이로와 로
마를 거쳐 알프스 상공을 날아 프랑크푸르트 공항에 기착했
다. 그 후 다시 내국용 항공기로 바꿔 타고 라인강을 북상하
여 본 공항에 도착하니 뤼브케 대통령과 에르하르트 수상이
국빈으로 따뜻하게 맞았다.

본 시가지엔 태극기와 서독기가 함께 게양되어 펄럭이고 ,

현지 신문들은 "분단된 나라에서 분단된 나라로 온 동방의 손님"이란 표제로 특집 보도했다.

박 대통령의 국빈 일정 첫날을 분주히 마치고 우리 광부들이 일하는 루르 지방 함보르 광산이 위치한 공회당에 도착하자 파독 광부 500여명과 간호사 30여명이 고국의 대통령 부부를 따뜻이 맞았다.

키가 작고 얼굴이 새카만 고국 대통령이 지하 막장에서 시커멓게 그슬린 광부들 앞 연단에 올라 카랑카랑한 목소리로 연설을 시작했다. 그러나 이내 목이 메어 연설이 중단되기도 했다. 여기저기서 울먹이는 모습이었다.

박 대통령과 육영수 여사도 울고 수행원들도 울고 말았다. 나라가 가난하여 광부와 간호사들이 머나먼 타국에 와서 고생하게 됐다는 대목에서 눈물바다를 이룬 것이다.

탄광 방문 일정을 마치고 고속도로 아우토반에 올라타자 뤼브케 대통령이 자신의 호주머니에서 손수건을 꺼내 박 대통령의 눈물을 거둬주며 "울지 마세요. 잘 사는 나라를 만드세요. 우리가 잘 도와 드리겠습니다"라고 위로했다.

당시 통역관으로 동승했던 백영훈(白永勳) 박사가 "칠순의 노 대통령이 40대의 젊은 대통령의 눈물을 손수 닦아주는 모습이 너무나 감동적이었다"고 전해 줬다.

박 대통령이 그날 일정을 끝내고 쾨니히 호프 호텔에 투숙하니 호텔 측은 "이태리 수상, 미코얀 소련 부수상, 이케타 일본 수상 등에 이어 5번째 VIP를 모시게 되어 영광"이라며 박 대통령을 환대했다.

그러나 정광모 기자가 이날 밤 취재자료를 정리하고 있을 때 육영수 여사가 구내전화로 "정 기자님, 우리 대통령님 좀 도와주세요"라고 불렀다.

이에 대통령 숙소를 노크하자 박 대통령이 노기 띤 얼굴로 혼술 중이었다. 육 여사한테 잔을 받으라고 하자 다급하게 정 기자를 불러들인 것이다.

정 기자도 술을 못해 겨우 반 모금쯤 마셨을 때 박 대통령이 식탁을 쾅 치며 "정 기자, 난 나라가 발전하여 비행기 좌석마저 구걸하지 않을 수 있을 때까지 더 이상 해외 출장을 하지 않을 작정이야"라고 말했다.

이때 정 기자는 술기운에다 분노의 눈빛이 철철 넘치는 박 대통령의 표정이 당장 무슨 일이라도 저질지 않을까 두

박정희 대통령의 독일 방문 모습.

려웠노라고 회상했다.

정 기자는 귀국 후 박 대통령이 건설 등 경제개발 사업을 전투하듯 맹렬 지휘하는 장면이 바로 아우토반의 눈물에서 솟아났을 것이라고 증언했다.

## 광부, 간호사 총누계 1만9천명 파독

광부와 간호사 등 국가 차원의 인력 수출은 과연 우리 경제 발전에 얼마큼 기여했을까. 땀과 눈물 젖은 마르크화 급료의 송금이 국가경제개발의 귀중한 종잣돈으로 활용되어 막대한 성과를 올린 것은 의심의 여지가 없다.

(사)파독광부연합회가 2009년 발간한 「파독광부백서」에 따르면 정부가 1963년 '파독광부선출위원회'를 구성하여 광부 공모를 공고하자 순식간에 2895명의 응모가 몰려왔다.

서독 정부의 요구안을 감안하여 최소 학력과 광부 경력 등을 조건으로 제시했지만 고졸 학력을 넘어 대학생, 대졸생, 현직 직장인들까지 다수 응모하여 치열한 경쟁을 벌였다.

정부 선출위원회가 철저한 전형 절차를 거쳐 제1차로 파독 광부 후보 194명을 뽑고 곧이어 추가로 56명을 뽑아 도합 250명을 선발했다.

이들 후보들은 석탄공사 산하 장성광업소에 입소하여

지하 막장 채탄과정을 실습하고 기초 독일어 학습을 거쳐 1963년 12월 제1진 123명이 처음으로 출국했다.

제1진 출국은 전 국민의 관심 속에 경제개발 5개년 계획을 총괄하는 경제기획원 사무관이 동행 인솔했다. 또 언론의 관심을 반영하여 동아일보 취재기자가 동승 수행했다.

이로부터 파독 광부는 1977년까지 연속으로 누계 7968명을 보냈다. 이는 당초 계획 목표보다 훨씬 초과한 인력수출 실적이었다.

광부 출국에 이어 3년뒤 1966년에는 파독 간호사 제1진 128명 출국을 시작으로 1977년까지 1만1057명을 파독했다. 광부와 간호사의 연 파독 인원은 1만9천 명을 넘어섰다.

파독 광부들은 돈 벌겠다는 사명감으로 중노동을 두려워 않고 위험을 감수하며 열심히 일하여 생산성 최고라는 평가를 받았다. 후속 간호사들은 간병·간호에 몸을 사리지 않아 '동양의 천사들'이란 찬사를 받았다.

그렇지만 광부와 간호사의 인력수출은 1977년으로 마감·종결되고 말았다. 왜 그랬을까.

## 1977년은 총수출 100억불 달성의 해

인력 수출을 마감한 1977년 11월은 박정희 정부의 수출 제1주의로 100억 달러를 달성한 해다. 5·16 정부는 이 날이 바로 조국 근대화의 분수령이라고 선언했다.

수출 100억 달러 달성은 매우 중요한 의미가 있었다.

세계2차대전 패전국인 서독과 일본이 단기간에 부흥하여 경제대국으로 부상한 고비가 바로 수출 100억 달러 고지였다. 박정희 정부가 이를 교훈 삼아 '우리도 할 수 있다'면서 1980년 수출 200억 달러 목표를 설정했다.

이를 위한 정책구호로 '전 산업의 수출 산업화', '전 상품의 수출화', '전 세계의 수출 시장화'를 앞세워 민·관 총동원 독려체제를 가동했다.

이때 수출 주무부인 상공부 출입기자들은 전문가들의 견해를 종합하여 200억 달러 목표는 억지·무리라는 요지로 비판, 보도했다.

그러나 야전 총사령관 박 대통령의 지휘 아래 목표 연도를 2년이나 앞당겨 달성했으니 모두가 '경이적'이라는 찬사를 보냈다.

이 결과 국위가 뻗어나고 국민적 자부심과 긍지가 솟아났다. 이를 계기로 국민을 중노동의 험지로 보내는 정부 차원의 인력수출을 종료시킨 모양이다.

필자는 당시 상공부 출입기자로 장충체육관에서 거행된 100억 달러 기념행사를 취재했다. 이날 '수출애국'이란 기준 아래 수많은 수출유공자들이 각종 훈·포장을 받았다. 그러나 이보다도 이날의 국민축제 하이라이트는 '쌀 막걸리 허용'과 '구정 휴무 3일'이었다.

정부가 100억불 국민축제를 기획하고 국민여론을 조사했더니 가장 절박한 소망이 이 두 가지로 나타났다. 그러나 국무총리가 주재한 국무회의에서 논의했지만 결론이 나지 않았다.

쌀 막걸리 허용은 재무부 장관과 국세청의 반대가 강경했다. "외화 부족으로 양곡 수입에 허덕이는 형편에 어찌 쌀 막걸리냐"고 주장하니 아무도 대꾸하지 못했다.

구정 휴무에 대해서는 상공부 장관이 "신정 휴무에 이어 구정마저 3일 휴무하면 최소 수출 목표 2천만 달러가 차질 날 테니 누가 책임질 수 있느냐"고 항변하니 역시 반박할 도리가 없었다.

하는 수 없어 국무회의가 이를 미결로 청와대에 보고하기로 결정했다. 이에 대해 박 대통령이 명쾌한 결론을 내렸다. 쌀 막걸리는 100억불 국민축제 날 하루만 허용, 구정은 '민속의 날'로 개칭하여 3일 휴무하되 수출산업단지 등 수출 유관기관장들은 "연휴 뒤 생산직 근로자들이 전원 복귀토록 책임진다는 서약을 받고 시행하라"는 조건이었다.

요즘 잣대로 보면 터무니없는 호랑이 담배 피우던 시절의 이야기다. 그러나 분식·혼식을 의무화하고 "수출 아니면 살 길 없다"며 수세미와 갯지렁이까지 수출하던 시절의 이야기다.

쌀 막걸리 규제나 구정 휴무 등 수출을 저해하는 행위의 규제는 박 대통령이 직접 철저하게 관리하던 사항이었다.

# 코드번호 1662번
# 광부의 수기

「파독광부백서」에 나오는 고유번호 코드 1662번 광부의 이야기를 들어 보시라. 당시 지하 막장은 급료와 수당이 높아 모두 기를 쓰며 선호했다.

채탄부의 하루는 탈의장의 코드번호 작업복 착용으로부터 안전화, 전등 달린 안전모와 가죽장갑을 끼고 무릎과 엉덩이 보호대를 착용하니 거의 완전무장이다. 무엇보다도 물통과 빵이 들어가는 식사 주머니가 가장 귀중한 소지품으로 챙긴다.

작업 과정에는 안전 감독관의 눈초리가 무섭다. 감독관은 흰색 안전모, 광부들은 노란 안전모로 신분이 구분된다.

당일 작업 목표와 실적은 곧 돈으로 환산되기에 누구나 열심히 하게 되어있다. 같은 작업팀 내의 각국 출신들이 뭐라고 왁자지껄하게 킥킥대는 모습이 자주 보였다. 한참 뒤에야 귀가 열리고 보니 한국인 광부들의 행태를 비웃는 욕설이거나 인격 모독성 조롱이었다.

이런 과정에서도 한국인 광부들의 성적이 최고라는 소문이 나돌았다. 바로 죽기 살기식 돈 벌기였기 때문임은 물론이다. 다만 이 때문에 안전사고로 사망하여 한 줌도 안 되는 유골로 귀국한 사례가 있었다.

지하 막장에서의 식사는 석탄가루 속의 빵과 과일로 간단히 때울 수밖에 없었다.

하루 8시간의 작업이 끝나 고속승강기 편에 지상으로 올라오면 눈과 입만 빼고 새까만 깜둥이다. 작업복 벗고 샤워한 후 옷을 갈아입어야 사람 모습으로 돌아온다.

모든 작업 과정은 고르게 분배되고 성과보상도 공정했지만 때론 불균형과 차별대우가 나타나 집단시위로 항의한 사례가 생겼다. 작업환경 개선이나 전환배치를 요구하다가 안되면 일부 작업지시를 거부하기도 했다. 이때 피차 감정이 악화되어 광업 소장 측에서 "일하기 싫으면 돌아가라"는 막말이 나오기도 했다.

이 같은 최악의 사태는 광산노동자평의회가 나서 양측을 조정함으로써 어렵게 타결될 수 있었다. 그 후 재독 한국인 광부 인권협회가 결성되어 부당처우나 차별을 거의 예방할 수 있었다는 회고다.

## 박정희기념관 통해
## 감동 이야기 확산

파독 광부들은 정부가 기획, 감독한 방침에 따라 각자의 월급을 거의 손실 없이 알뜰하게 국내로 송금했다.

첫 파독 바로 다음해인 1964년 제1진 235명의 송금액이 44만8천 마르크(11만 2천 달러)였다. 이어 1965년 273만4천 달러, 1971년 659만 달러, 1973년 1416만 달러, 1974년 2447만 달러, 1975년 2768만 달러로 매년 송금액이 불어났다.

외화 한푼이 아쉬웠던 시절 이만큼의 송금액이 얼마나 소중하게 활용됐을까는 짐작하기 어렵지 않다.

대다수 국민들은 구체적인 사실을 알 수 없었지만 서울 상암동의 '박정희기념도서관'이 개관된 후 새마을운동 편과 파독 광부, 간호사 편 전시가 가장 감동이었다는 소문이 퍼져 나왔다.

박정희 기념도서관은 고건 서울시장 때 상암동 부지에 건립을 허가했지만 우여곡절로 공사가 지연되어 박원순 시장 때 완공됐으나 개관 허가가 나지 않았다. 당초 박정희 기념도서관 설계는 도서관 부문이 약간 넓게 설계·허용했는데 공사 과정에 오히려 박정희 기념관 부문이 넓게 조성됐다는 지적이었다.

이 때문에 예정보다 훨씬 늦게 개관됐지만 관람객들에 의한 입소문으로 파독 광부와 간호사 이야기가 널리 퍼져 나올 수 있었다.

이 무렵 충무로에 위치한 월간 『경제풍월』 편집실로 파독광부총연합회 김태우(金泰雨) 회장이 '선배님'이라 호칭하며 방문했다.

고대 경제학과 3년 재학중인 1966년 파독되어 3년간 막노동하며 현지에서 틈틈이 영화 공부한 밑천으로 신영(新暎) 필름을 설립·운영한다고 했다.

파독광부연합회는 2008년 2월 회원 600여명으로 설립하여 귀국 광부들의 구심점 역할에 주력하고 있다고 밝혔다.

이 연합회의 뜻이 반영되어 KBS의 대한민국 100년 드라마에 파독 광부의 삶이 소개되고 국회가 '파독 광부 · 간호사 기념관' 건립 지원비 20억 원을 확보했지만 이런저런 난제가 겹쳐 기념관 건립 꿈이 미완성이라고 안타까워했다.

그 뒤 김 회장은 막장 광부인생 때 얻은 폐질환이 악화되어 일찍 세상을 뜨고 말았다. 안타까운 사연으로 기억된다.

# 3. 박광근 광부는 누구인가

## 파독 광부 기회 활용 성공 모델
### - 백영훈 박사 『아우토반에 뿌린 눈물』 저자

한국산업재발연구원(KID) 설립원장인 백영훈(白永勳) 박사는 파독광부, 간호사들의 성공 길잡이 쯤으로 추앙받는 유공자이다.

백 박사는 1964년 박정희 대통령의 서독 국빈방문 때 공식 통역관으로 수행한 후 나중에 『아우토반에 뿌린 눈물』 (1977년)을 출간했다. 이 책 속에 파독광부·간호사 인력 수출과 관련된 눈물겨운 스토리가 나온다.

2019년 8순 잔치 기념, 가족과 함께 카리브해 크루즈 여행을 함께 하며.

백 박사는 그로부터 한참 세월이 지난 뒤 "박광근 파독광부 출신의 성공 이야기를 듣고 매우 깊은 인상을 받았다"고 밝혔다. 백 박사는 당시 "파독 근로자들이 모두 성실, 근면하여 현지로부터 호평을 받고 있다는 사실이 모국으로 전해져 파독 정책을 결정한 정부도 매우 만족했었다"고 증언했다.

파독 근로자들은 계약 기간 3년이 만료된 후 구라파와 미주 각국으로 진출하여 다방면에 걸친 도전과 성취를 기록했다. 이 가운데 박광근 회장은 파리로 진출하여 특출한 성공 스토리를 쌓은 분이라고 백 박사가 평가한다.

백 박사는 박 회장의 경우 "당시 정부가 고뇌 끝에 결단한 파독 인력 수출제도를 적극 활용함으로써 가정과 가문을 바로 세우고 국가경제발전에도 공헌한 사례"라고 규정한다. 백 박사는 "박 회장이 활약한 파독 기회를 만들어 주신 것을 깊이 감사하다고 인사하여 참으로 기쁘고 감사하더라"고 말했다.

솔직히 파독 광부를 통해 성공한 경우 자신이 노력해서 성공했다고 자부할 수는 있어도 "정부나 관계자들이 좋은 기회를 만들어 성공 길잡이 역할을 해줬다"면서 감사하다는 인사를 듣기가 쉽지 않기 때문이다.

## 상공부 장관 특보로 차관 교섭 역할

백 박사는 고대 상과대학을 나와 독일 유학으로 경제

평통 모임에서.

학 박사 학위를 취득한 후 중앙대학 교수로 한창 강의하다
5·16 군사혁명을 맞았다.

　이때 5·16 정부가 병역 미필자들을 직장에서 추방하도
록 지시해 백 교수도 논산훈련소로 입소했다. 석달 가량 군
사훈련을 받고 육군 이등병일 때 서울서 육군 소령이 내려
와 "서울로 갑시다"라고 명령했다.

　어떤 영문인지 알지도 못 한 채 서울 남산 중턱까지 끌
려가 보니 5·16혁명 제2인자인 김종필(JP)의 중앙정보부
였다.

　이 곳에서 한달 가량 근무하고 육군 일등병으로 승진되
자 정래혁(丁來赫) 상공부장관 특별보좌관으로 배치됐다.

　당시 현역 육군소장인 정래혁 장관이 7명으로 구성된 서
독경제협력단 단장을 맡아 통역관으로 수행하도록 지시했
다. 백 박사가 유학시절의 학연 등을 활용하여 서독정부와

팔순잔치 기념으로 가족이 함께한 카리브해 크루즈 여행중에 찍은 가족사진.

경제단체 등을 열심히 방문·교섭함으로써 1억 5천만 마르크의 상업 차관 도입에 원칙적으로 합의를 이끌어냈다.

그러나 5·16혁명 이후 미국이 한국에 대한 원조를 중단하고 전반적으로 대한민국의 국제적인 신인도가 추락한 시기라 마르크화 차관 도입 관련 지급보증이 문제가 됐다. 이 과정에 파독 광부와 간호사를 파견함으로써 이들 근로자들의 임금을 담보로 계약, 차관 도입에 성공할 수 있었다.

당시 우리나라의 총 외화보유고는 고작 2천만 달러에 불과했고, 이에 경제개발 종잣돈 마련을 위해 외국 원조를 추진했지만 모두가 거부했다. 이때 우리와 같은 국토 분단국이자 반공 전선의 동반자인 서독 차관을 발상한 것이다.

서독은 세계2차대전 패권국이지만 일찍 '나일강의 기적'

으로 경제강국이 되어 충분한 여력을 확보하고 있었다.

정부는 이 무렵 신응균 중장을 예편시켜 서독대사로 임명하면서 상업차관 도입 추진 임무를 부여했다.

신 대사가 국가재건최고회의 보고를 통해 "독일어 전문가인 백영훈 박사가 귀국했으니 빨리 수배할 필요가 있다"고 건의했다.

이에 정부가 중앙대에 연락해 보니 "이미 논산훈련소에 입소했다"고 알려와 급히 육군 이등병을 불러올려 서독 차관 도입 관련 특별 보좌관 임무를 부여했던 것이다.

## 뤼브케 대통령의 위로
## '울지 마십시오'

마르크화 차관 도입 지급보증 문제가 타결된 후 박정희 대통령이 1964년 11월 서독 국빈방문 초청을 받아 12월 6일 루프트한자 649호기 편으로 출국할 수 있었다.

박 대통령이 서독 도착 후 뤼브케 대통령의 안내로 루르 지방 탄광촌 공회당에 도착하자 막장 광부 500여명과 30여명의 파독 간호사들이 대기하고 있었다.

준비된 절차에 따라 박 대통령이 연단에 올라 애국가를 제창하다가 "대한사람 대한으로…"라는 대목에 이르자 모두 목이 메어 울고 말았다. 박 대통령 부부와 광부, 간호사, 공식·비공식 수행단도 함께 울었다.

결국 대통령의 연설도 중단되고 말았다. 밖으로 나오는

과정이 한 시간도 넘었고 얼굴이 시커멓게 그을린 광부 등이 모두 "각하, 손 한번 잡게 해주세요"라고 매달렸다. 이어 '대한민국 만세', '대통령 만세' 소리가 끝없이 울려퍼졌다.

귀로에 아우토반 고속도로에 진입하자 뤼브케 대통령이 손수건을 꺼내 박 대통령의 얼굴을 닦아주며 "울지 마십시오, 우리가 돕겠습니다. 공산주의를 이기는 길은 경제 건설입니다"라고 위로했다. 통역관으로 동승한 백영훈 박사가 직접 목격하고 책에 쓴 내용의 줄거리다.

백 박사는 매년 경총, 전경련, 능률협회 등의 제주도 하계 세미나에 초청되어 이 같은 요지의 '아우토반에 뿌린 눈물'을 자세하게 소개하여 박수를 많이 받았다. 필자는 백 박사 다음 차례 연사로 경제기자 시절 취재 체험담을 증언했었다.

백 박사는 상공부장관, 대통령 특보 3년 후 중대 교수로 복직했다가 1968년 10월 한국산업개발연구원(KID)를 설립 운영해 왔다. 그 뒤 제 9·10대 국회의원직을 역임한 후 한국생산성본부(KPC) 연구소장 등 여러 곳의 명예·봉사직도 맡았다.

백 박사는 국민훈장 모란장 등 국가 훈장도 받았지만 한·독 관계 발전에 기여한 공로로 독일외교협회 제정 민간외교 훈장을 받고 독일 연방 공화국의 대십자 훈장도 받았다.

박광근 회장은 파독 광부의 길잡이인 백 박사가 "노후에까지 한국산업개발 연구원을 이끌고 있는 열정에 매우 감동을 느낀다"고 소감을 들려 주었다.

평통 자문위원 시절 국립묘지 참배 방문기록 사진.

# '박광근식' 성공 모델 보존 소망
## -김태우 전 파독 근로자 총연합 회장

2012년 초, 서울 중구 필동에 있던 월간『경제풍월』사무실로 파독광부 총연합회 김태우(金泰雨) 회장이 '선배님'이라며 방문했다.

1965년 고대 경제과 3학년 때 파독 광부를 지원, 3년 만근(滿勤) 후 귀국해 파독광부총연을 창립했노라고 밝혔다. 그러나 총연 조직이 제 역할을 다하지 못하고 있다면서 표정이 우울했다.

김 회장을 만난 후 한참 뒤에 강남 어느 조찬포럼에서 박광근 회장을 만났다. 김태우 회장과는 잘 알고 있는 사이는 아니었지만, 김 회장은 박 회장보다 1년쯤 먼저 파독된 광부 선배였다.

김태우 회장이 파독될 무렵에는 대학 경제과 3년생으로 국내 최고 직장으로 꼽히는 시중은행 취업자리가 눈앞에 다가선 시기였다.

그런데 일류직장 취업을 포기하고 왜 막노동으로 취급되는 막장 광부인생을 지망했을까.

김 회장은 서독이 패전국에서 단기간에 경제개발로 성공한 모델국으로 "광부라는 이름으로 가서 선진기술을 배워 와야 할 대상"이라고 판단했다. 이에 탐험하고 도전한다는 심정으로 전혀 경험이 없는 광부 인생을 자원했노라고 밝혔다.

"돈 주고라도 선진기술을 배워야 할 때 비싼 월급 받아가며 기술을 보고 배울 수 있다니 얼마나 좋은 기회인가"

김 회장이 서독 탄광지대로 가서 보니 작업조가 아침반, 오후반, 야간반으로 나뉘어 있었다. 살짝 듣고 보니 야간반이 수당이 가장 높다고 했다. 이에 "한푼이라도 더 받아야 한다"는 생각으로 야간반을 지원했다.

서독의 임금 체계는 땀과 위험도에 비례하는 구조였다.

첫 월급을 받아보니 세금을 떼고도 1000마르크 상당이니 국내서 최고라는 은행권 월급의 거의 10배 상당이었다. 월급 중 일부만 국내로 송금했지만 파독 18개월 만에 자택을 마련할 수 있었다고 한다.

알프스 스키장에서 가족들과 스키를 즐기는 시간.

## 영화 분야 전공,
## 귀국 후 작품 활동 히트

김 회장은 얼마 뒤 땀과 위험수당 외에 가족수당이 있다기에 서울에 두고 온 약혼녀와 서류상 혼인신고를 해 수당을 받게 되었다.

당시 김 회장의 약혼녀는 제일은행에 근무하고 있었는데, 파독 광부와의 혼인신고 사실이 드러나자 은행 내규에 따라 해고되었다.

이 때문에 김 회장이 본가에 보낸 송금 외에 약혼녀의 은행 재직시 월급액을 기준으로 4000원을 따로 송금했다고 한다.

온가족이 .알프스 발토랑스 스키장에서.

김 회장은 3년 노무계약이 끝나면 곧장 귀국해야 한다
는 생각으로 미리 독일 기술 습득에 나서 영화 분야를 공부
했다. 세계 최고 수준으로 평판되고 있는 영화 촬영 장비류
도 구비했다.

1968년 4월, 3년 만에 귀국하자마자 준비된 창업계획을
서둘렀다. 서울 중구 필동 2가에 필름 프로덕션 '신영사'를
설립, 작품 활동으로 이름을 얻었다고 했다.

구체적으로 첫 작품으로 『황혼의 부르스』를 히트하고 대
전 EXPO 한국 주제관 '달리는 한국인' 작품으로도 명성을
얻었다고 밝혔다.

파독광부와 관련해 김 회장은 (사)한국파독광부 총연합

회를 창립, 서울 앙새농에 기념관 건립을 추진 중이라고 소개했다.

김 회장은 KBS의 대한민국 100년 드라마로 「파독광부의 삶」이 소개된 후 국회가 '파독광부, 간호사 기념관' 건립 지원비로 20억원의 예산을 승인함으로써 이를 곧 착공할 수 있다는 꿈에 젖었노라고 말하기도 했다.

김 회장은 마음이 급하다는 심경을 강조하기도 했다. 지하 막장 광부 시절에 얻은 폐질환 때문일까.

빌딩 4~5층을 걷기도 벅차 중도에 휴식을 취하는 모습을 몇 번 보여주기도 했었다.

실제로 그 뒤 오래지 않아 고려대 안암병원에 입원했다는 소식이 전해 오고, 곧이어 부음이 들려 왔다.

## 박광근 회장의 비대위 꿈, 아직도 미완

김 회장이 생존하고 있을 그때 처음 만난 박광근 회장이 "김태우 광부 선배의 선구적 역할에 대해 자랑스럽게 평가한다"고 말했다. 파독 광부 조직 결성을 말한 것이다.

그 뒤 정부 지원으로 파독 광부 조직이 파독 간호사를 포함한 '파독 근로자협회'로 확대되자 회장단 내분으로 '유고 사태'를 빚어 설립 목적사업을 추진할 수 없는 단계에 이르렀다고 지적했다.

이에 따라 박광근 회장이 '비상대책위원장'을 맡아 새 회장단 구성을 추진하게 됐노라고 했다.

　박 회장은 비대위를 통해 새 회장단이 구성되면 정부가 추진하고 있는 DMZ 평화공원 내에 '파독 근로자 추모공원'을 설립하고 '국가 유공자 관련법' 제정, 국민주택 우선 배정권 등 회원들의 명예와 권익 향상을 적극 추진하게 될 것이라고 희망했다.

　그러나 안타깝게도 그로부터 두 차례 정권이 교체된 현 시점까지 아직 파독 근로자들의 꿈은 이루어지지 못하고 있는 실정이다.

## 파독 근로자, 국가유공 영원하라
### - 파독 광부 교수 권이종 박사의 소망

　영화 『국제시장』의 실존 인물로 유명한 파독광부 교수 권이종(81) 박사의 인생 이야기가 책으로 엮어 나왔다. 저자는 평소 왕성한 필력으로 69권의 전문서적을 출간했지만 이 책은 자서전 형식의 스토리다.

　권 박사는 코로나 비상 장기화로 모처럼 재택근무로 집안에 갇혀 있는 시간을 활용하여 자신에 관한 이야기를 집필했다고 밝혔다.

　권 박사는 파독 광부 제2진으로 출국하여 만 3년간 광부생활을 겪었다. 이에 비해 박광근 회장은 제7진으로 파독됐으니 후배 광부다.

　박 회장은 권 박사의 인생 이야기 출간 소식을 듣고 "평

74

박광근 회장 회고록 / 독일에서 파리까지

소 존경해 온 광부 선배이자 친숙한 친구의 자서전 출판이 자랑스럽다"고 말했다. 이어 "권 박사의 성공 이야기는 파독 광부들이 기록한 많은 감동 스토리 가운데서도 가장 대표적"이라고 강조했다.

권 박사는 전북 장수에서 태어나 너무나 배고픈 유년시절을 겪었다.

밥을 굶기도 하며 신문 배달하면서 중·고교 시절을 보내고, 무작정 상경하여 공사판 막노동하다 파독 광부 모집 소식에 지원함으로써 미지의 세계로 진출했다.

그러나 꿈의 광부생활은 극한의 생존투쟁이나 다름없었다. 지하 1000m의 막장은 이미 많은 파독광부들의 체험록에 나온 것처럼 위험투성이였다.

당연히 죽음에 대한 두려움을 떨쳐 버릴 수가 없었다. 아울러 조국, 가족, 친구들에 대한 그리움이었다. 이 때문에 무한 인내와 극기와의 투쟁이었다고 회고한다.

파독 광부는 간호사 파견과 함께 정부가 서독 정부와 어려운 교섭을 통해 타결한 국가간 인력수출 협약이었다. 이 때문에 정부에서도 파독 근로자들이 모두 계약기간 내에 무사고로 근무하도록 온갖 배려를 다했었다. 이 때문인지 파독 근로자들은 타국 출신들에 비해 모두가 성실, 근면하고 생산성이 높다는 평가가 본국으로 돌아왔다.

한마디로 근로자의 파독은 대성공으로 외교적 성과까지 올렸으니 국익을 증진시켰다고 평가됐다.

파독 광부들은 누구나 노무계약 3년이 만료된 후의 진로

스위스 제네바에서 거행된 기사도 작위식.

에 관해 고민할 수밖에 없었다.

선배 광부들이 본국으로 귀환하기도 했지만 구미 각국으로 진출하여 다양한 분야에서 성공하고 있다는 소식이 고무적이었다.

이 때문에 당시 근로자들을 파견한 정부 입장에서는 무사히 귀국하기를 바랐지만 각자 진로 선택은 다양했다.

## 아헨대 교육학 박사로 파독 광부 교수

권 박사의 경우는 3년 근무 후 귀국해야 한다고 생각했다. 그러나 파독 기간을 통해 거의 수양어머니처럼 모신 로

즈메리 부인께서 "독일 와서 광부일만 하고 돌아갈 수 있느냐, 공부 좀 하고 가야 하지 않느냐"고 권유했다.

이에 독일 체류를 결심하고 어려운 난관과 곡절을 거쳐 공립대인 아헨대에 입학하니 외국인으로서는 공립대 설립 이래 최초의 특례입학 기록이었다.

그로부터 13년의 학습을 거쳐 교육학 박사가 되고 전북대, 한국교원대 교수로 열심히 강의한 '파독 광부 출신 교수'가 된 것이다.

권 박사는 이보다 앞서 아헨대 교육과정 이수 후 교사 자격증을 취득, 독일에 한국학교 두 곳을 설립, 현지 한국 어린이들에게 한글 교육을 실시했다. 이어 1971년에는 파독 간호사를 만나 결혼하니 '파독 근로자 부부'로 탄생하기도 했다.

권 박사는 파독 광부에서 대학교수까지 인생 스토리를 쌓아온 과정이 많은 사람들로부터 지원과 격려를 받은 고마움을 잊지 못한다.

권 박사가 현재 맡고 있는 아프리카, 아시아 난민 교육 후원회(ADRF) 이사장직도 이와 관련된다. ADRF는 세계 15개국, 1만여명을 대상으로 나눔의 봉사 활동을 한다. 권 박사는 많은 분들에게 사랑과 후원을 받은 만큼 여생을 재능기부로 봉사하겠다는 각오이다.

권 박사는 특히 오늘에 이르기까지 정주영 전 현대그룹 회장. 이건희 전 삼성그룹 회장, 김춘식 전 계몽사 사장 등으로부터 많은 도움을 받았노라고 기록했다.

한국 초대 미스코리아 강귀희 회장님과 함께.

　권 박사는 유년 시절의 굶주림과 고학을 배경으로 청소년 교육에 온갖 열정을 쏟아내고 미래 세대의 주역을 양성해야 한다는 일종의 소명감이라고 보여진다. 권 박사가 한국 청소년지도자 원로 모임에도 적극 참여하는 것도 이 때문이다.

　이 모임에는 문용린 전 교육부장관, 김성재 전 문체부 장관 등 고위 관료 출신과 민간 청소년 단체 대표 등 20여명이 함께하고 있다.

　자신의 파독 광부 경력과 관련해서는 '파독 광부, 간호사, 간호조무사 연합회' 조직에 앞장서서 자신이 수집한 많은 자료와 유물을 기증하고 서울 강남구 양재동 파독근로자

기념관의 관장도 지낸 바 있다.

권 박사의 남은 소망 한 가지는 "국가차원에서 파독 근로자들의 국가유공 기록이 영원해야 한다"는 신념이다.

지난해 국회가 파독광부, 간호사 지원에 관한 법률을 통과시켰으니 가장 어려웠던 시기에 국가경제 발전에 기여한 유공 전사(戰士)들을 위한 기념공원 조성, 기념비 건립이 시급하지 않느냐는 주장이다.

박광근 회장이 "권 박사의 주장은 그대로 모든 파독 근로자들의 한가지 소망일 뿐"이라고 응답한다.

두 번째 '미지의 땅' 파리 도착
파리 도착 다음날 바로 집수리 일 행운
연속 행운, 숙주나물 공장 취업
공장장 승진, 5년 4개월 만에 부인·딸 재회
첫딸 미선 양, 여선생 안니와 미담
프랑스 최초의 '한인 파리연합교회' 창립
재불 한인 기독교연합으로 파리 경시청 등록
4대 교회 속속 설립, 한인사회 구심 역할
새문안교회 황광은 목사와 첫 만남
'괴로우나 즐거우나' 일생의 반려 고백
부모님은 불교, 자녀들은 기독교 신앙
언제나 밀어주고 당겨준 '신앙 일가'
"집사께서 무슨 와인 장사합니까"

# 제2장

---

## 정든 독일 떠나
## 파리 진출 모험

# 두 번째 '미지의 땅' 파리 도착

파독 광부 3년 계약에 이런저런 굴곡과 고비가 있었지만 지나고 보니 금방이었다. 박광근은 당장 귀국할 용기가 나지 않았다.

고국에는 신혼초의 아내를 남겨두고 떠나왔기에 당장 달려가고 싶은 심정이 간절했지만 "좀 더 큰 성공 없이 빈손으로 돌아갈 수는 없다"는 심정이었다.

모국 정부도 해외 인력수출 계약기간이 만료되는 대로 모두가 한 명 이탈 없이 귀국을 종용하는 방침이었다.

그러나 박광근은 귀국을 미루고 현지 정착을 결행했다. 선배 광부들도 독일이나 프랑스 등 구라파에 정착하거나 미국, 캐나다 등으로 이미 떠난 사례를 보여줬다.

박광근에게 현지 정착이라면 단연 독일 땅이 제격이었다. 광부생활 틈틈이 배우고 익힌 독일어가 기본재산인 데다 독일인·독일사회 코드와도 어느 정도 익숙해졌기 때문이다.

그런 데도 정든 독일 땅을 떠나 이유진 박사의 권유로 소르본대학에 진학시켜 준다는 말에 기대를 걸고 프랑스 파리 진출로 결정했다.

파리는 재독 한인기독교연합회 단체관광을 통해 6차례 방문한 바 있지만 '주마간산(走馬看山)'식 눈요기에 지나지 않았다. 따로 연고나 일거리가 있는 곳도 아니다. 그러니 파리 진출이란 또 다시 생면부지 '미지의 땅'을 찾아가는 모험이라 할 수 있다.

1969년 광부 노무계약 만료 이후 박광근은 주저 없이 미리 예정된 코스인양 파리로 직행했다. 보다 큰 성취를 위한 도전이었다. 독일 체류 3년간의 이런저런 체험이 파리행 결단의 후원기반인 셈이었다.

## 파리 도착 다음날
## 바로 집수리 일 행운

박광근이 기차 편으로 파리북역(gare de nord)에 도착하니 광부 선배인 권희탁 님이 미리 마중 나와 픽업했다. 매우 반가웠다. 광부 시절 기독교 신앙생활을 통해 우정과 신뢰를 쌓은 권영화 수간호원으로부터 소개받은 사이였다.

권희탁 선배는 일찍 파리에 정착하여 집 수리업에 종사하고 있어 후배 박광근에게 집수리 노무 일을 맡겼다. 모험 진출 첫날부터 일자리를 잡은 셈이다.

이에 유명한 소르본대학 인근 학생의 거리(rue des ecoles) 조그마한 호텔에 숙소를 잡고 일에 착수했다. 쌩 미셸(st. michel) 거리의 어느 지하식당에 화재가 일어나 벽과 천장을 몽땅 걷어내고 시멘트로 덧씌우는 공사였다. 미장이 일에 목수 일까지 겹치니 전혀 경험 없는 생소한 고달픈 노역이었다.

그러나 파리 도착 다음날부터 일을 맡게 되니 운수 좋은 행운이라고 느꼈다. 박광근은 이때 "늘 주님이 자신 곁에서 도와주신다"고 더욱 믿게 되었다.

식당 영업을 조속히 재개해야 할 입장이기에 화재복구 공사 일정이 빡빡했다. 아침부터 밤늦게까지 하루 10시간 일해야 하는 파독 광부의 1일 8시간보다 장시간의 중노동이 었다. 이를 40여일간 계속해야만 했다.

그런데도 박광근으로서는 일을 맡겨준 권 선배가 감사할 뿐이었다. 게다가 열심히 일을 잘한다고 평가해 주니 용기

키메라 남편
레이몽 나카시앙 회장과 함께.

가 솟았다. 박광근은 지금은 미국 뉴욕으로 이주한 권 선배의 고마움을 아직도 잊지 못한다고 말한다.

문제는 식당복구 공사가 끝난 후 새로운 직장 구하기가 막막했다. 독일 땅과는 달리 불어 한마디 못하는 파리에서 혼자 힘으로 어딜 찾아가서 일자지를 얻을 수 있다는 말인가.

이때 또 다시 광부 선배가 운영하는 숙주나물 공장(soja jaime)을 소개받았으니 연속 행운이 찾아온 것이다.

## 연속 행운,
## 숙주나물 공장 취업

새 일자리가 생겼으니 호텔 숙소를 나와 숙주나물 공장이 위치한 라일레 로스라는 동네로 이사했다.

일터는 지하 1층 지상 2층의 단독주택 공장이었다. 지하는 숙주나물을 배양하는 장소이고, 지상 1층은 숙주나물 껍질을 분리시켜 종이 봉지에 보관하는 작업장과 작은 사무실로 운영되고 있었다. 또 2층은 침실, 부엌에다 샤워장, 화장실이 구비된 거실 공간으로 꾸며졌다.

정원도 넓은 편이고 창고도 갖춰져 있었다. 창고는 두부공장과 금괏(후식용 작은 오렌지) 공장 등 다목적으로 잘 이용하고 있었다.

공장이라고 했으나 직원이 고작 5명에 지나지 않았다.

파독 광부 티를 덜 벗어난 초보 박광근과 광부 선배 김화영 씨, 포르투갈 부부 2명, 프랑스 여인 서무직원(Mlle Sousan, 사장비서 겸 회계담당) 등이었다.

이 가운데 김화영 씨는 외부 배달업무 전담이라 숙주나물 생산직은 4명뿐이었다.

하루 생산량 250kg을 4명이 분담하려면 1인당 60kg이 넘는 벅찬 작업량이었다.

그렇지만 힘든 일을 두려워하거나 기피할 처지인가. 몸 사리지 않고 열심히 노력하자 이내 익숙해지고 동료들과 호흡도 잘 맞았다. 이에 얼마큼 숨을 돌려 파리 정착 밑천으로 불어를 배우기로 했다.

야간 불어학원인 Alliance Francaise에 등록하고 열심히 매달렸다. 다행히 서무담당 수산이 독일어를 얼마큼 해독하여 박광근과의 언어 소통에 도움을 주었다.

박광근의 숙주나물 생산직이 6개월에 이르자 숙주나물이 통통하게 살이 찌고 보관 수명도 길어졌다. 이에 고객들의 주문량이 늘어나니 생산량을 점차 늘려가야 했다.

매사에 열성적인 박광근 생산직의 체험을 통한 생산 방식과 작업환경 개선 아이디어의 성과였다.

이 결과 생산량이 급증하고 판매량이 두세 배로 불어났다. 사장께서 크게 만족하여 박광근에게 공장장 직책을 맡겨 주고 급료도 두 배로 올려 주니 신명이 날 수밖에 없었다.

## 공장장 승진,
## 5년 4개월 만에 부인·딸 재회

박 공장장이 공장에 입사한 지 2년 만에 숙주나물 생산 규모가 2톤 반에 이르렀으니 획기적이었다. 이 무렵 공장의 확장 이전이 시급해졌다. 이에 서둘러 파리 20구 81. Rue Davron에 공장 400㎡, 창고 400㎡ 등 도합 800㎡ 규모의 공간을 확보해 이전했다.

공장 내부에 사무실과 숙소를 겸비했으니 종전에 비해 근무 환경이 훌륭했다. 생산시설도 현대식으로 개편하여 생산성이 더욱 향상됐다. 직원도 종래 5명에서 15명으로 대폭 늘어났다.

이에 따라 주방장도 따로 고용하고 유학생들에게 아르바이트 일거리도 나눠줄 수 있었다. 넓은 창고 공간에는 탁구대를 설치 활용했다.

확장 이전 새 공장이 잘 나간다는 소문이 퍼져나가자 ABC잡지사에서 인터뷰를 통해 '숙주나물 왕'이라는 제목으로 표지인물로 소개하니 박 공장장이 일약 스타가 된 기분을 느껴야만 했다.

당초 파리 주변 숙주나물 공장 8개 가운데 가장 소규모이던 것이 불과 2년여 만에 최대 규모로 변신했으니 경쟁 공장들이 시샘할 정도였다.

사장이 박 공장장 주도하의 확장 이전 성과에 너무나 만족한 표정이었다.

어느 날 사장이 "박 공장장, 원하시는 게 뭔가요"라고 물었다. 이에 사양하지 않고 "모국에 두고 온 아내와 첫딸을 초청하고 싶습니다"라며 오랜 소망을 실토했다.

이를 사장이 즉각 수락하여 생이별 5년 4개월 만에 꿈에 그리던 아내 이상희(李相喜)와 얼굴도 못 본 첫딸 박미선 양과 재회할 수 있었다. 이때가 1971년 11월 15일로 똑똑히 기억한다.

## 첫딸 미선 양, 여선생 안니와 미담

박광근 광부가 출국할 때 부인은 임신 2개월로 '살림 밑천'이라 불린 첫딸 박미선은 1967년 2월생이니 겨우 다섯 살이었다. 그날 파리 오를리 공항으로 마중 가니 오랜만에 만난 부인이 "당신 딸이에요"라고 박미선을 품에 안겨줬다.

이 딸이 유치원에서부터 대학·대학원을 졸업하기까지 공부 잘하여 변호사 자격을 획득하고, 모국에 시집을 와서 장기간 대원외고 불어교사가 됐다.

박미선 양이 유치원 다닐 때 여선생 안니께서 불어를 모르는 낯선 어린이를 친딸처럼 지극 정성으로 돌봐줬다.

얼마 뒤 여선생께서 한국에 가보고 싶다기에 방학기간 중 미선 양과 함께 한국을 방문하도록 주선했다. 안니 선생은 평소 침대생활 습성과 달리 한국의 온돌방 체험을 희망했다.

스페인 키메라 저택에서 키메라 부모님과 함께.

이에 미선 양의 외가댁인 평택군 현덕면 시골로 내려가 한국생활을 체험하며 만족했다. 이어 경주와 고적지 등을 탐방하며 보름간 한국 체험을 거쳐 귀국했다.

그 뒤 안니 선생은 파리에서 450km 떨어진 자신의 고향 오뷔송(audusson) 근처 펠르땅(Felletin) 시골 부모님 댁에 미선 양을 친딸처럼 데리고 다녀와 가족 같이 깊은 정을 쌓았다.

안니 선생 형제들은 모두가 교육계에 투신한 집안이었다. 안니 선생은 독신을 고집하며 교육감까지 승진한 교육 헌신으로 은퇴하여 지금은 고향에서 노후를 보내고 있다.

## 프랑스 최초의 '한인 파리연합교회' 창립

박광근 장로의 파리 진출 과정도 기독교 신앙이 기본 정신적 반려였다. 파독 광부 3년도 역시 기독교 신앙이 뒷받침해준 나날이 희망의 노무생활이었다.

이보다 더 앞질러 보면 불우청소년 시절, 취직 알선해 준다는 소문을 듣고 서울 새문안교회에 가서 하나님의 사랑을 배운 것이 일생의 신앙 뿌리였다.

그로부터 박 장로는 어딜 가거나 무슨 일을 하거나 기독교 신앙과 동반했다. 박 장로가 굳이 독일에서 터득한 해외 이주 생존 기반을 버리고 프랑스로 진로를 바꾼 배경에도 재독 기독교연합회를 통한 파리여행 경험이 하나의 고리로 작용했다.

첫날 파리 기차역에 마중 나온 광부 선배도 기독교 신앙 활동으로 독일에서 권영화 수간호원의 소개로 맺어진 인연이었다. 바로 그 선배가 주택수리 토목, 미장이 공사 일을 맡겨 주었다.

그 뒤 숙주나물 공장에 일자리를 잡아 일약 공장장으로 승진하여 부인과 첫딸을 파리로 초청하여 오랜만에 세 식구의 단란 가정을 회복했으니 하나님이 내린 축복이 아니던가.

이때 처음으로 변두리 지대인 프레 생 제르베(prest-Gerais)에 조그마한 아파트를 마련했으니 너무나 포근한 보금자리였다. 이때 박 장로는 제일 먼저 감사의 예배를 서둘렀다.

1972년 9월 3일, 박 장로댁에 광부 선배인 박진만 성도 등이 모여 첫 가정예배를 시작했다. 이로부터 몇몇 성도들이 돌아가며 예배를 주도하면서 이어갔다. 사도 신경, 기도, 성경 봉독, 간증, 찬송, 주기도문, 예배에 이르면 온 정신이 맑고 더욱 굳건해져 감격과 기쁨의 눈물에 젖게 됐다.

박 장로댁 예배 소문이 당시 좁은 파리의 한인사회로 퍼져 금방 신도들이 불어났다. 이에 예배 장소가 비좁아 야외 예배 장소를 물색했다. 파리에서 두 번째로 큰 뱅센공원을 선택해 넓은 공간에서 예배하자 입소문이 더욱 커진 모양이다.

얼마 뒤 대한항공 다니는 윤경중 집사(미국 L.A 한인교회 목사 역임)와 파리에 유학 온 김하진 교수(전 아주대 교수)가 동참하여 파리 최초의 한인교회 역사를 창조하기에 이른 것이다.

## 재불 한인 기독교연합으로 파리 경시청 등록

프랑스 한인 100년사(1919~2019)가 1972년 9월 3일 박광근 장로 일행 4명이 첫 예배를 올린 것이 파리연합교회 설립이라고 기록했다. 이는 곧 프랑스 최초의 한인 개신교회였다.

파리연합교회는 처음 가정예배 수준으로 시작했지만 1년도 안 돼 신도수가 40~50명에 달했다. 이는 당시 파리 거주 한인사회가 400여명이었으니 이 중 10%가 넘는 동포들이 참여했다는 뜻이다.

보잘것없이 출발한 파리연합교회가 어찌하여 이토록 짧은 기간에 파리 한인사회 신앙의 중심으로 부상할 수 있었을까. 박 장로는 모두가 하나님의 보살핌이 아니었겠느냐고 겸양한다.

신앙이란 고국을 떠난 이민사회의 고독과 향수를 달래주는 지주가 될 수 있지 않겠는가. 파독 광부를 거쳐 파리로 진출한 광부 출신 박 장로와 선후배들이 똘똘 뭉쳐 한인교회를 설립했다는 사실에 감명받아 서로 믿고 의지하고픈 심정으로 동참하지 않았을까.

이 무렵부터 박 장로가 창립한 파리연합교회 역사가 한시도 중단 없이 차곡차곡 쌓여 갔다. 창립 2년도 안 된 1974년 5월에는 날로 늘어난 신도수를 배경으로 파리 미국교회(American church)에서 예배를 보고 교회 명칭을 '재불한국인 기독교연합회'로 개칭해 파리 경시청에 등록했다.

파리 경시청 등록이란 공식으로 목사를 초청할 수 있는 첫 개신교 단체로 자리 잡았다는 의미다. 이어 이듬해 1975년 10월에는 파리 프랑스 개척 교회(Maison Fratemelle)에서 예배를 볼 수 있었다.

파리 경시청 등록을 계기로 1978년부터 1991년까지 여러 교단 출신 목회자들이 기독교 연합교회로 부임한 기록을 세웠다. 그러다가 1984년 10월 변의남 목사가 부임하면서 다시 '파리연합교회'로 되돌아갔다.

그 뒤에는 파리연합교회 출신 목사들이 여러 교회에서 목회자로 사역함으로써 박광근 장로가 설립한 파리 최초의 한인교회가 명실상부한 '장자 교회' 역할을 다하고 있다는 평가였다.

## 4대 교회 속속 설립, 한인사회 구심 역할

1980년대 들어 파리의 한인사회가 다양한 구조로 확대되어 신앙 수요도 급증했다.

이에 파리연합교회(1972년)에 뒤이어 파리순복음교회(1980년), 파리장로교회(1982년), 파리침례교회(1985년) 순으로 속속 설립됐다.

이들 4대 교회가 파리 한인 사회의 중심이자 구심점 역할을 했다. 이 무렵엔 한국의 교단에서 유럽에 선교사를 파송하기 시작했다.

또 유럽으로 신학유학 온 목회자들이 교회를 설립하기도 했다. 이 때문에 1990년에는 한인교회가 10개에 이르렀다.

이 무렵에는 이미 한·불 선교협약이 맺어지고 프랑스 교회에서 목회 활동하는 한인 출신 목회자들도 배출됐다. 이분들은 현지에서 신학 공부를 마치고 학교·병원·교회 등지에서 사역도 하고, 현지 문화에도 적응하여 '준비된 목회자'로 활약했다.

또 한인교회도 프랑스 교회로부터 공식 인정을 받아 종교비자 발급, 종교인 사회보장 혜택도 받을 수 있었다. 2012년에는 11개 한인 개신교회가 프랑스 개신교 총연합회 가입

승인을 받기도 했다.

## * 파리연합교회 주요 연혁

· 1972. 9 박광근 장로 일행 4명, 첫 예배
· 1974. 5 재불 한국인 기독교연합회로 파리경시청 등록
· 1975. 10 하기식 장로(현 부산대 교수) 인도로 월 1회
　　　　기도회
· 1976. 1 대한항공 윤경중 성도 인도 예배
· 1978. 1 변의남 목사 인도 예배(네덜란드 캄펜 신학교 박사과정)
· 1980. 1 제1대 장희선 담임목사 부임
· 1982. 5 제2대 변의남 담임목사 부임
· 1984. 12 재불 한국인 기독교연합회를 다시 파리
　　　　연합교회로 변경
· 1992. 10 교회 창립 20년사, 장로장립 박광근 장로
· 1997. 7 임시사무총회, 대한성결교회 가입 결정으로
　기독교 대한성결교회 파리연합교회로 변경
· 1997. 10 대한성결교회 총회장 이병돈 목사 초청
　　　　교단 가입 기념예배 및 부흥회
· 2002. 10 교회 창립 30주년
· 2004. 4 불어교육 시작, 한·불 연합예배
· 2011. 4 선교 교육관 현판
· 2012. 4 아프리카 선교단 구성, 자선 음악회
· 2012. 8 교회 창립 40주년
· 2015. 6 박광근, 박홍근, 서정호 명예장로 추대
· 2021. 1 청년부 난민 돕기
· 2022. 교회 창립 50주년(예정)

# 새문안교회
# 황광은 목사와 첫 만남

박광근 장로가 기독교 신앙과 첫 만남은 불우한 청소년기인 1960년이니 벌써 60년이 넘었다. 당시 서울 새문안교회 황광은 목사가 중고등부 교육주임역을 맡아 청소년들의 신앙을 적극 인도하고 있었다.

박광근 청소년은 같은 또래들보다 한참 늦게 중·고교에 겨우 편입으로 들어가 졸업했지만 대학 진학은 꿈도 못 꿀 형편이었다.

일찍이 미군부대 하우스보이로 나가 영어를 익힌 두 형님들의 영향으로 을지로 입구 해동학원을 찾아 영어 공부도 시도했지만 당장 밥벌이 취직이 급했다.

이럴 때 새문안교회 황 목사께서 "교회로 나오면 취직을 알선해 준다더라"는 소문이 들려 왔다. 이에 일자리가 절박하여 찾아간 기독교 믿음이 일생 동안 삶의 기둥이 되어 주리라고는 상상도 못했다.

황 목사께서는 실제로 그때 대한소년단 중앙단 산하 편집부에 일자리를 마련해 주셨다. 1년에 한두 차례 명사들의 원고를 청탁했다가 받아오는 단순한 업무에 약간의 잡무가 따르는 말단직이었다. 박 청소년은 이곳에서 군 입대까지 2년가량 근무했으니 일생의 첫 취업 경력이었다.

이 무렵 더욱 중요한 경험은 제77대 소년단 활동을 통해 협동과 봉사정신을 체험한 것이 훗날 군복무나 해외진출 이

민생활 정착 과정에도 도움이 됐다. 이때 만리포와 대천 해수욕장에 마련한 소년단 캠프 야영 경험도 지금껏 감미로운 추억이다.

무엇보다 대한소년단 중앙단 본부 이사님으로 모신 국가 지도자급 각계 명사들의 존안을 뵐 수 있었던 것이 보람이었다.

대강 두서없이 회상하면 장면 정부 상공부 장관을 지낸 천우사 전택보(全澤珤) 회장, 문교부 장관 민관식(閔寬植) 박사, 전경련 회장을 역임한 김용완(金容完) 경방 회장 등이 대표적이다.

종교계는 노기남 대주고, 한경직 목사를 비롯하여 강신명 목사, 최영일 목사 등을 꼽을 수 있다.

교육계는 윤석중님, 국립도서관장 최태호 님, 고광만 교수님과 서울신문 스포츠 담당 고두현 기자님 등 각계 명사들이었다.

박 장로는 만화와 삽화에도 능한 고두현 기자와는 원고 청탁으로 낯이 익었는데, 명동 메밀 국숫집으로 불러 점심을 배불리 먹을 수 있었던 일도 기억한다.

특히 이들 명사 가운데 전택보 회장, 김용완 회장, 민관식 장관 등은 박 장로가 파독 광부 3년 계약을 마치고 파리에서 소규모 한식당을 운영하고 있을 때 다시 만나 많은 격려와 지원을 베풀었다고 회고한다(참고 : 파리 첫 한식당 오아시스 편에 상술).

# '괴로우나 즐거우나'
# 일생의 반려 고백

박 회장은 어릴 적에 만난 기독교 신앙이 지금껏 자신을 굳건히 지켜준 동반자였노라고 고백한다. 하나님의 사랑이란 언제 어디서나 변치 않는다고 확신하기 때문이다.

박 회장은 해외로 장기간 떠다니면서 태어나고 자란 조국의 품을 '괴로우나 즐거우나' 잊지 못한다. 특히 나이가 들어 노후에 접어들면서 나라 사랑 충정은 더해만 간다. 이와 유사한 동기로 기독교 신앙에 대한 믿음도 더욱 깊어지고 있노라고 말한다.

박 회장의 선대 부모님은 옛 전통가문 대다수처럼 불교 신앙이었다. 부친은 일찍이 일본 유학 갔다가 건강 문제로 중도 귀국하여 잠시 교직에 종사하다 경찰관 시험을 거쳐 예산군 내 곳곳 경찰지서장을 역임했다.

그러다가 6·25 전쟁 때 일시 후퇴했다가 조기 복귀하여 인민군 패잔병들과 교전 중에 전사했다. 이때 모친이 수덕사 인근 금강암에 부친의 영혼을 봉안했다.

그러나 선친의 임지를 따라 곳곳 초등학교로 전학 다닌 박광근 소년은 동료를 따라 교회를 다니고 있었다. 크리스마스가 다가오면 곳곳에서 들려오는 찬송, 예배소리가 청소년들을 불러들였다.

박광근도 선친이 오가면 경찰지서장 때부터 교회를 다니기 시작하여 모친이 선친의 영혼을 금강암에 봉안한 것도 알지 못했다.

그로부터 줄곧 하나님의 사랑을 쫓아 어느덧 75년 세월이 흘렀으니 지성감천(至誠感天)이 아니겠느냐고 믿는 것이다.

## 부모님은 불교, 자녀들은 기독교 신앙

박 소년은 부친 전사 후 모친마저 별세하자 잠시 친인척 집으로 나돌다가 서울 하왕십리로 올라와 셋방살이를 했다. 이 무렵 어렵게 중학교에 다니면서도 집 가까이 언덕바지의 감리교회를 찾아갔다.

그러나 같은 또래들이 거들떠보지도 않고 무시하자 오기로 신문로의 새문안 교회를 찾아갔다.

새문안 교회는 왕십리에서 서대문까지 전차를 타고 가야 하는 부담이 따랐지만, 누가 무시하거나 괄시하기보다 너무나 친절하고 반갑게 맞아주었다고 지금도 생생히 기억한다.

이곳 새문안 교회에서 강신명 목사를 만나 뵐 수 있었고, 중·고등부 담임 황광은 목사의 가르침도 받아가며 제77 대 한국소년단에 가입하여 단체 활동의 규범도 익힐 수 있었다.

한국소년단 2년여 만에 군대 소집영장으로 입대하여 3 년 가량 복무 마치고, 다시 3년간 파독 광부를 거쳐 파리 진출 후 오늘날까지 잠시도 기독교 신앙을 떠난 적이 없으니 바로 자신을 지켜준 일생의 반려라고 굳게 믿는 것이다.

## 언제나 밀어 주고 당겨 준 '신앙 일가'

박 장로가 파독 광부로 훌쩍 출국한 후 신혼의 부인은 첫딸을 출산하여 평택의 친정에 머물다가 서울 서대문구 녹번동으로 올라왔다. 부군의 여동생 박경숙이 살고 있는 셋집에 딸과 함께 임시 거주한 것이다.

박경숙 씨가 여고를 나와 S여대를 졸업할 때까지의 학자금은 파독 광부 오빠가 보낸 송금이었다. 그녀의 주택공사 취업은 작은 오빠 박홍근이 주택공사에 다니면서 알선했다.

또 이보다 앞서 박홍근의 주택공사 취업은 박광근 형이 군에 복무하면서 국가원호처를 찾아가 6·25 참전용사의 유자녀 특채를 강력 촉구하여 이뤄졌던 것이다.

참으로 부모를 잃은 이들 3남매간에 서로 밀어주고 앞당겨 준 우애는 너무나 깊고 아름답다는 이야기다.

박 회장의 부인 이상희 씨는 첫딸 박미선 양과 함께 녹번동 댁에서 동거하며 집주인 이난희 권사의 전도로 응암교회(황칠수 목사)를 다녔다.

그러다가 박 회장이 파독 광부 3년 계약이 종료된 후 파리로 진출하여 숙주나물 공장에 취업하여 공장장으로 승진하여 1971년 11월 15일 가족을 파리로 초청 재회하여 가정예배로부터 '파리연합교회'를 함께 창립하기에 이른 것

헝가리 부다페스트 방문.

이다.

　첫딸 박미선 양은 5세 때 파리로 와서 대학·대학원까지 공부하고 변호사가 됐지만, 서울 신랑을 만나 결혼하고 서울에서 불어 교사로 장기 근무했다. 이는 어머님과 함께 서울 녹번동에서 박경숙 님과 함께 잠시 동거했던 인연의 연장이었다.

　당시 박 회장의 여동생 박경숙 님이 강남 중앙침례교회(김충기 원로목사)에 다니면서 같은 교회 조덕순 권사의 아들 장철호 씨를 소개하여 미선 양과 결혼하게 된 것이다.

　박미선 부부는 서울생활을 끝내고 미국으로 이민 갔지만 지금도 워싱턴DC 지구촌교회의 찬양팀 봉사로 신앙의 길을 그대로 걷고 있다는 소식이다.

　박 회장의 파리 출생 장남 박철호(1972년생)와 둘째 박민호(1983년생)도 부모가 창립한 파리연합교회 신자로서 온 가족이 일심동체임을 보여주고 있다.

박광근, 이상희 부부는 파리연합교회 공동창설자로서 1992년 같은 날 장로와 권사로 추대된 신앙 부부이다.

## "집사께서 무슨 와인 장사합니까"

부부의 신앙의 깊이와 함량은 부인이 한 수 위가 아니냐는 가벼운 농담이 오간다고 한다.

박 장로의 경우 다양한 대외조직 활동에다 비즈니스 무대 때문에 술이나 골프 사교가 불가피하지만 부인은 언제나 깔끔한 권사의 품행에 흐트러짐이 없었다는 비교 때문이다.

박 회장이 모국을 왕래하면서 거의 종횡무진으로 활약하

며 세계 포도주 명산지인 보르도 '와인 EXPO'의 대규모 전시관 개관식에 참여하게 됐다.

이때 세계 주류업계 대표들이 무더기로 초청되어 박 회장이 한국 주류업계 대표 30여명 참관단의 안내역을 맡았다.

박 회장의 형인 박창근 씨의 여행사 버스를 동원하여 파리에서 보르도까지 500km 여행을 가이드하면서 한국 주류업계와 프랑스 주류업계와의 협력을 중개할 수 있었다.

이를 지켜본 프랑스 주류업계에서 박 회장에게 "우리가 적극 지원할 테니 와인사업을 해볼 뜻이 없느냐"고 제안했다.

박 회장이 퍽 흥미 있는 제안이라고 느껴 이를 자랑스럽게 부인에게 "어쩌면 좋겠느냐"고 물었다. 이때 부인의 짧은 응답이 절묘했다.

"집사께서(당시는 장로 아닌 집사 시절) 무슨 와인 장사를 합니까?"라는 한마디로 처결했다는 이야기다.

제3장

파리의 한인식당
역사 창조

민관식 장관님 파리 「오아시스」 식당 방문 기념.

# 1. 파리에서 한국의 맛을 알리다

## 첫 한인식당
## 「오아시스」 개업

박광근 장로 일가의 파리 '최초의 한인교회 창립' 다음 수순은 '최초의 파리 한인식당 개업'이었다.

식당업 자영은 현지 정착을 위한 생업(生業)이었지만 사전준비나 경험이 전무했다. 그러나 박 장로는 한국의 맛 한식당이 파리 이민정착을 위한 '필수 도전과목'이라고 판단했다.

밑천이라면 파독 이래 끊임없는 도전과 성취 이력에 광부 출신 선후배들의 인맥 성원뿐이었다.

누구나 경험한 일이지만 누구라도 고국을 떠나 해외로 나오면 금방 그리운 것이 우리 된장과 김치 맛이다. 이 때문에 해외출장이나 여행에서 만나는 한식당 맛은 바로 우리 모국의 어머님 손맛으로 느껴진다.

더구나 한식당은 고국 소식이 오가는 길목이자 현지 이민생활의 애환과 향수를 달래주는 통로 역할도 하게 된다.

박 장로가 파리연합교회 창립 직후인 1973년 부인과 함께 한식당 '오아시스'를 개업했으니, 또 하나의 파리와 유럽 최초의 기록이었다.

식당 위치가 파리 17구(21, rue Dulong 75017)로 주불한국대사관(29, Avenue de Villiers)이 있는 빌리에 대로 인

근이다.

대사관 직원, 상사 주재원, 신문·방송 특파원 등이 찾고 만나기 쉬운 위치이며 관광객들도 공관에 들린 후 식사하기 안성맞춤이었다.

이런 배경으로 "파독 광부 출신이자 파리연합 창립 박 장로가 개업했다"는 소문이 교민사회로 확산될 수 있었다. 또한 박 장로가 6·25 참전 경찰관 유자녀라는 사실이 알려져 프랑스 참전용사협회 사람들도 전우 의식으로 찾아와 단골 고객이 되어 줬다.

이들 모두가 박 장로 일가의 열성과 집념, 신앙의 성원이 성공을 뒷받침했다고 볼 수 있다.

## 모로코 출신의 「오아시스」 식당 인수 제의

박 장로댁은 「오아시스」 개업 이전에 아주 소규모의 '한국식당'으로 다소간 실습 경험이 있었다. 부인 이상희 씨가 내조 차원으로 시작한 한국식당 역시 파독 광부 인맥의 협조를 받았다.

한국인(전영감)이 경영하는 차이나타운 중국식당에 광부 선배가 주방장으로 근무하고 있어 부인이 무료 체험으로 기본 요리법과 메뉴 개발법을 대강 익혀 한국식당을 개업했던 것이다.

당시 파독 광부들은 계약만료 후 본국 귀국, 독일·프랑스 등 구라파 정착, 미국과 캐나다 등 미주지역 이민 등으로 흩어졌다. 분산 이주한 곳곳에서 공부를 많이 하여 교수가 되고 각종 기술과 기능을 익혀 전문직에서 이름을 날린 성공인도 적지 않았다.

중국요리 주방장에 오른 선배 광부도 파리 관광객들에게 이름이 널리 알려진 얼굴의 하나였다.

박 장로 부부가 소규모 한국식당을 겨우 운영하고 있을 때 사막의 나라 모로코 출신이 가까운 거리에서 「오아시스」라는 이름의 식당을 경영하고 있었다.

규모가 큰 식당이지만 이런저런 불상사가 잦아 장사가 잘 안 된 모양이었다.

「오아시스」는 특색 있는 식사 메뉴 외에 각종 술을 마구 팔아 취객의 소동이 잦았다. 이 때문에 교통경찰차 단속이 수시로 출동하고 경영은 어려워지고 있었던 모양이다.

중국 해남도 모지군 성장 초청 해남도 개발사업차 방문.

제3장. 파리의 한인식당 역사 창조

어느 날 주인이 박 장로에게 「오아시스」를 인수할 생각 없느냐"고 물어왔지만 터무니없이 거액의 권리금을 요구하여 거래가 성사되지 못했다.

## 천우사 전택보 회장의 특별지원으로 인수

이 무렵 어느 날 주불 대사관 측에서 "귀중한 본국 손님들을 모시고 갈 테니 좌석 20여 석을 준비하고 다른 손님은 아무도 받지 말라"고 요청했다.

예약시간이 돼도 소식이 늦어져 밖을 내다보니 정일영 대사와 이희일 공사가 귀빈들과 함께 오시는데, 천우사 전택보 회장과 경방 김용완 회장이 눈에 띄었다.

이에 박 회장이 달려가 전택보 회장에게 "오랜만에 다시 뵙습니다"라고 꾸벅 절을 하니 "자네가 어찌 날 안다고 인사냐"고 물었다.

그래서 1962년 새문안교회 시절 대한소년단 중앙단 본부 이사로 모신 적이 있었다고 말씀드린 후 "파독 광부를 거쳐 이곳 파리로 이민 왔습니다"라고 하니 "참 반갑네"라며 격려해 줬다.

이어 전 회장께서 정일영 대사에게 "파리에 하나뿐인 이곳 한식당이 너무 초라하지 않습니까. 귀국해서 한국 외환은행장에게 내가 보증하여 융자지원해서 큰 식당이 되도록 하겠으니 정 대사도 적극 후원하세요"라고 당부했다.

1990년 해외한민족회의 대회장으로 기조연설을 하고 있다.

박 회장은 그 뒤 이를 까맣게 잊고 있었는데 어느 날 외환은행 박 파리지점장이 만나자고 연락해 갔더니 "행장님께서 특별히 필요한 자금 지원을 당부하셨다"면서 어디에 얼마큼 자금이 필요한지 물었다.

그래서 곧바로 「오아시스」 식당 인수 관련 자금소요를 제시하여 장기분할 상환 조건으로 융자받아 인수할 수 있었다는 이야기다.

이 결과 파리 36번지에 위치한 겨우 20석의 한국식당이 같은 거리 21번지에 있는 60석 좌석의 「오아시스 아랍식당」을 인수할 수 있었던 것이다.

당시 정일영 대사는 1972년 12월 제4대 주불대사로 부임했지만 야당의 거물 정해영(鄭海永) 의원의 동생이라는 유명세를 누리고 있었다.

한편 전택보, 김용완 회장은 모스크바에서 열리는 국제대회에 한국대표로 참석하기 위해 파리에 들른 길이었다. 당시 소련과는 국교가 없어 모스크바에 가자면 도쿄나 파리에서 소련대사관의 비자를 발급받아야만 했다.

필자는 이때 모스크바 국제대회를 참관하고 귀국한 경방 김용완 회장을 인터뷰하여 신문에 보도한 기억이 남아 있다.

김 회장은 공식 대회 일정이 끝난 후 주최측이 다양한 환송 프로그램을 준비했지만 이를 마다하고 따로 소련 문화예술을 감상하고 독한 보드카를 마시고 젊은 소련 여인들과 마음껏 춤을 췄노라고 들려줬다.

당시 김 회장은 일흔 넘은 고령으로 장춘회(長春會) 골프 회원이기도 했지만 "모스크바 하늘 아래 대한민국의 태

프랑스 관광청 서울 사무소 개소식에서 주한 프랑스 대사와 함께.

극 깃발을 꽂고 왔다"고 큰소리로 자랑했다. 김 회장은 늘 깐깐한 부인에게 이를 실토했지만 "그냥 고개만 끄덕이더라"고 말했다.

## 모국 기상변화 따라 한식당도 융성 침체

파리 최초의 한식당 「오아시스」는 파리 한인사회의 발전 속도와 함께 잘된다는 소문이 퍼졌다. 「오아시스」의 성공은 파리 한식업 발전의 물꼬 역할이었다.

1973년 박광근 장로의 「오아시스」 개업에 뒤이어 1974년 「르 서울」(강귀희), 1975년 「죽원」(김주몽), 1976년 「김리」(이관영), 1977년 「한국관」(아가다 김), 1978년 「용남식당」, 1979년 「신동경」 순으로 개업하고, 1980년에는 「아리랑 식품점」도 문을 열었다.

이 같은 기록에 비춰 봐도 박 장로의 첫 한인식당이 "구라파의 중심 파리의 한식업 역사를 창조했다"고 자부할 수 있을 것이다.

파리의 한인사회가 극히 소수일 때 개업한 「오아시스」의 영업이 성공한 과정에는 예술 도시 파리의 명성을 끌어들인 아이디어도 빛을 발했다.

「오아시스」 개업 10주년과 20주년 기념으로 세계적 대가들의 작품 전시회를 개최한 것이 대표적이다.

이때 피카소를 비롯하여 샤갈, 미로, 달리 등과 한국인

민관식 장관님과 프랑스 한국 대사관저 만찬 초대석에서.

재불 작가 박일주, 이항성, 백영수님 등 초청 그룹전을 한 달씩 개최했으니 한식업계 내부에서 그 유명세를 시샘하지 않았을까.

파리 한식당 제2호는 1974년 초대 미스코리아 강귀희의 「르 서울」이다. 그녀는 고속철도 테제베 로비스트 등 왕성한 활동력을 보인 여장부로 잠시 한식당에 눈을 돌려 엘리제궁 가까이에 고급 한식당을 개업했다.

「르 서울」은 개업하자마자 강 여인의 다양한 인맥을 말해주듯 프랑스 정재계의 사랑방이라는 소문이 퍼졌다. 미테랑 프랑스 대통령마저 「르 서울」에서 한식을 하고 식대를 직접 계산했다고 한다.

강귀희 씨는 여장부로 통했다. 중동 건설 붐이 일어나자 건설 중장비와 대형 트럭 판매에 나서 현대건설, 동아건설

등과 연결하고 사우디 주택건설공사도 엮어주는 솜씨를 발휘했다.

그러나 해외건설 붐도 기복이 심해 강 씨의 건설 중장비 로비도 얼마 후 시들해지고 말았다.

프랑스 한인 100년사에 이르면 강귀희 씨의 「르 서울」도 잠시 불같이 일어섰지만 얼마 뒤 소리 없이 문을 닫았다.

프랑스 한식업은 박 장로의 「오아시스」로부터 1970년 태동기를 거쳐 우후죽순처럼 뻗어났지만 모국이 IMF 구제금융을 받게 되면서 정체기·침체기를 겪어야만 했다.

이 시기에 대다수 한식당이 문을 닫고 현지인 입맛에 맞춘 메뉴개발 등으로 일부만 겨우 연명했다. 그러다가 1996년 대한민국이 OECD에 가입하고 2010년대 한류(韓流) 열풍이 밀려와 새로운 전성기를 누렸다. 이때 파리 진출 기업과 관광객들도 크게 늘고 한인사회도 융성해졌다.

평통 자문위원 시절 총리 접견.

민관식 장관님과 파리 라데망스 신도시 방문.

한식당 수가 무려 150개에 이르러 1989년에는 파리 한 인식당 조합이 결성되고 2018년에는 한식협의회마저 구성됐다.

## 「오아시스」를 찾아온 '유리마' 유재승

「오아시스」가 한국 소식의 창구나 거점으로 소문이 확산되면서 웃지 못할 화제가 깃들기도 했다.

어느 날 점심 메뉴를 끝내고 잠시 환담을 하고 있을 때 스위스친선협회장의 소개 편지를 가져온 사람이 박 사장을 찾는다고 했다.

이에 "제가 박광근입니다"라고 응대하자 스위스친선협회장이 "자기 친구의 사위를 소개하니 파리에서 일자리를 좀 알선해 달라"는 편지를 내밀었다.

그래서 우선 여관 숙소부터 정하고 나서 "무슨 사연이냐"고 물으니 프랑스인 부인은 지금 지방에 살고 있고 자신은 프랑스 시민권을 받아 프랑스에서 3년이나 머물고 있지만 직업을 못 구했다는 이야기다. 이보다 앞서 처가살이하다 구박받고 쫓겨난 사연은 자세히 말해 주지 않았다.

당장 일자리 구하기가 쉽지 않으니 우선 "식당 서브 일이라도 하겠느냐"고 물으니 좋다고 했다. 그로부터 얼마큼 열심히 일하더니 고백한 내용이 화젯거리였다.

그의 부인이 미스 프랑스로 1980년 한국 주최 미인대회에 출전한 브리지트 쇼케 양이라고 하여 깜짝 놀랄 지경이었다. 결혼 후 처가에 얹혀 살았지만 "일도 못하고 맨날 방구석에서 그림을 그리거나 글을 쓴다며 소일하여 쫓겨났다"고 실토한 것이다.

제1차 한민족 대표자 회의 참석차 동경에서.

제3장. 파리의 한인식당 역사 창조

7월14일 프랑스 혁명 기념식에서.

　그에게 식당 서브 일을 시켜놓은 후 대한항공 승무원 등
이 '유리마'를 여기서 만났다고 반기면서 사진도 찍고 환호
했다. 곧이어 그를 만나기 위해 찾아오는 손님들도 많아 「오
아시스」 식당이 유명해졌다. 이에 잡지사들이 찾아와 인터
뷰 기사를 보도하기도 했다.
　그렇지만 오래지 않아 그가 환상의 착각에 사로잡힌 사
실이 드러나 「오아시스」가 겪어낸 재미있는 해프닝으로 기
록되고 말았다는 이야기다.

## 돈키호테인가, 사기꾼인가 '알쏭달쏭'

　인터넷 웹진 「인터뷰 365 김두호」가 유리마의 꿈과 환
상과 현실을 더듬어 가며 '그는 돈키호테도, 사기꾼도 아니

었다'고 적었다.

1980년 미스 프랑스 브리지트 쇼케(27)와 결혼한 무명의 서울 남자 유리마(본명 유재승, 33) 이야기는 미스터리한 인간의 운명과 인연의 세계를 신기하게 더해준 드라마 같은 실화였다.

필자는 옆자리에 있는 선배기자 김앙섭(현 씨족문화연구소장)의 특종기사를 통해 진작부터 두 사람의 사랑 이야기를 알고 있었다.

두 사람이 결혼하고 난 뒤 그 선배의 고백이다.

1981년 12월 4일 퇴근준비 중에 한 통의 제보를 받고 서울 서부역 비탈길을 올라 유리마 씨 거처를 찾았더니 첫 대면부터 황당한 이야기를 쏟아낸다.

"난 마르스(Mars : 그리스 신화)입니다. 16살 때 하늘의 계시를 받았어요. 노랑머리 파란 눈에 어깨띠 두른 여신이 날 찾고 있다는 것을 알았어요. 그래서 나의 여신을 찾고자 학교를 그만두고 전국의 심산유곡과 사찰, 교회 등을 찾아다니다가 14년여 만에 그를 만났습니다."

1980년 7월 세종문화회관에서 열린 미스 유니버스대회에 갔다가 미스 프랑스 어깨띠를 두른 쇼케 양을 보고 "첫눈에 내가 찾던 여신임을 알았다"고 했다.

그 뒤 그녀의 주소를 알아내 "하늘의 계시와 간절한 그리움을 담은 100여 통의 편지를 띄워 장래를 약속했다"고 주장했다.

처음엔 그의 사랑 이야기를 아무도 믿지 않았지만 그가

영화배우 신성일과 함께.

쇼케 양의 고향 토레토 성당에서 결혼식을 올린 기사를 보고 많은 매체들이 앞다퉈 쫓아오기 시작했다는 줄거리다.

결국 그는 환상과 몽상으로 기적 같은 신화를 만드는 데까지 성공했다. 그러나 프랑스 미녀를 아내로 맞아 행복하게 살 수 있는 능력을 갖추지 못해 얼마 뒤 이혼하고 지금은 어느 도시 레스토랑에서 일한다고 했다.

바로 박광근 회장의 파리 「오아시스」 식당에서 서브 일을 하고 있다는 사실을 말해준 것이다.

## 환상·몽상 성취했지만, 2년 만의 이혼

헤럴드DB 우재복 기자의 '미스 프랑스와 결혼한 화성에서 온 남자' 유리마 편에 결혼식 장면이 상세히 기록돼 있다.

1982년 11월 27일 프랑스 알제리 지방 토레토(Trete)성당에서 한국인 유재승(유리마, 32)이 미스 프랑스 쇼케(26) 양과 결혼식을 올렸다. 무명의 서울 남자가 소르본대 법학과 출신인 미스 프랑스와 결혼한다니 세간의 관심이 넘쳤다.

유재승은 자신이 디자인한 중세 기사 복장에 가죽장화를 신고 칼을 차고 머리는 웨이브를 냈으니 실로 '화성에서 온 남자' 격이었다. 쇼케 양은 유럽식 신부복을 입었다.

이날 신랑은 1950년 2월 6일 서울 출생 '마르스' 유리마, 유재승으로 불렸다. 신부 쇼케는 1956년 8월 4일 파리 교외 가르새 출신의 안느 마리 브리지트 클레망스 쇼케라고 소개됐다.

축하객은 30여명이 참석했다. 스위스에서 호텔경영학을 전공하는 유재승의 큰형과 누이동생, 신부가족 등이었다.

유재승의 형에 따르면 동생은 늘 외계에서 오는 공주와 결혼하게 되리라고 생각했는데, 1980년 서울에 온 쇼케 양을 보고 많은 편지를 띄워 결혼에 이르렀다고 말했다.

유재승은 자신을 그리스 신화 속의 '마르스', 쇼케를 '비너스'에 비유하여 1982년 봄 『마르스와 비너스』라는 책도 출간했다.

당시 현지 언론에 의하면 쇼케는 결혼 당시 경찰관 시험을 준비 중이었는데 결혼 후 유재승은 처가에 들어가 그림을 그리거나 글을 쓴다면서 소일하다가 1년 만에 이혼했다.

이혼 후 쇼케는 다른 사람과 재혼했지만 유재승은 파리에 머물며 방황하고 있다는 소식이다.

## 언론 특파원들과의 소중한 인연들

박 장로는 한식업 운영을 통해 수많은 좋은 인연을 쌓아 모국의 경제발전에도 기여할 수 있는 계기가 됐노라고 감사한다.

특별히 언론 특파원들과의 만남을 소중하게 기억한다.

한국일보 김성우 특파원은 백건우, 윤정희 부부 관련 취재 보도로 필명을 날렸다. 이 과정에 「오아시스」 박광근 사장 부부와도 친근해 많은 추억을 쌓았노라고 한다.

김승웅 특파원 때는 한국일보 2대 장강재 회장이 모친(張基榮 창업주 미망인)과 함께 파리를 방문, 「오아시스」에서 한식을 함께했다. 이때 박 사장이 옛 하왕십리 셋방 시절 한국일보 신문을 배달한 적이 있었다고 하자 장 회장이 "반갑다 감사하다"고 말했다.

이 무렵 박 사장의 동생 박홍근이 한국일보 파리지국장을 맡고 있어 안병찬, 김승웅 특파원과 거의 한가족 같은 분위기였다고 회상한다.

이 때문에 박 장로가 1983년, 동양인으로는 최초로 제네바 세계기사도협회 기사 작위를 받을 때 안 특파원이 동행하여 한국일보에 보도했다.

MBC 노영일 특파원과는 박 장로 큰형이 문화관광호텔 총지배인 경력으로 거의 '한집안 식구' 인연이다. 이 때문에 노 특파원이 파리로 부임하여 아파트를 마련하기까지 박 장로 댁에서 기거할 만큼 친숙했다.

박 장로 맏형 박순근 님이 MBC 계열 문화관광호텔(지금은 없어졌음) 총 지배인일 때 동생 박홍근이 총무과장으로 노영일 기자와 종종 만났다.

박홍근 총무과장 부임에는 사연이 있었다. 박광근 장로가 졸병으로 군복무할 때 국가원호처에 찾아가 "참전 유가족인 동생이 밥 못 먹고 굶어죽을 지경"이라고 호소했다.

이에 원호처가 대한광업진흥공사 취업을 알선해 줬지만 가서 보니 "적자경영에다 국가유공자 특채 TO가 꽉 찼다"면서 대신에 대한주택공사(현 LH 전신)를 소개해 취업할 수 있었다.

그러나 주택공사에서 승진도 안 되고 바닥권에 머물기가 지루할 때 큰형이 문화관광호텔 총지배인을 맡아 그 아래 총무과장 자리에 앉을 수 있었던 것이다.

KBS 박성범 특파원은 박광근 장로가 재불 한인회장(1982~1983)일 때 5공 전두환(全斗煥) 정부가 오랫동안 지속되어온 통금(通禁)을 해제하자 "재외 한인회장 자격으로 코멘트 해 달라"고 요청했다.

이에 파리 개선문 앞에 가서 KBS 카메라 앞에서 "매우 바람직한 통금해제"라는 요지로 말했다. 그 뒤에도 서울의 주요 이슈와 관련해 KBS 화면을 탈 수 있었다는 회고다.

이 밖에도 이런저런 사연과 함께 기억나는 특파원들로 KBS 이인원, MBC 엄기영, 한국일보 김승웅, 동아일보 장행운, 조선일보 신용석, 중앙일보 주섭일, 서울신문 권영길(전 민노동 대표, 대통령 출마), 경향신문 정종식·최노석 등을 꼽는다.

## 세월 변덕 따라
## 최초 한식당 수명 종료

「오아시스」는 다각적인 파리 한인사회 중심으로 열심히 번영했지만 세월의 변덕이 많고 시운(時運)이 있어 2002년 문을 닫아야만 했다. 1973년 개업으로부터 29년이니 짧지 않은 최초 파리 한식당의 수명이었다.

1987년에 이르러 식당 주변에 아파트가 들어서고 주차
난이 심해지자 단골 고객마저 차를 몰고 왔다가 그냥 돌아
가는 사례가 생겼다. 『프랑스 한인 100년사』에 따르면 「오
아시스」뿐만 아니라 대다수 한식당들이 일정한 수명으로 소
리 없이 폐업했노라고 기록했다.

　　「오아시스」에 이어 제2호로 기세 좋게 출발한 「르 서울」
은 1990년에 문을 닫고 이어 3호, 4호들도 장수하지는 못
했다.

　　「오아시스」 폐업에는 세무조사에 따른 과중한 추징금과
이에 불복한 장기 소송 영향도 작용했다고 『프랑스 한인
100년사』가 말했다. 도대체 무슨 사연일까.

　　1982년 박 장로가 재불 한인회장으로 선출된 후 유럽 한
인체육대회 주관 등으로 분주했다. 미술, 음악 등 예술 분야
지망 교민이나 유학생 등에게 프랑스 정부 지원 홍보, 안내

스페인 키메라 저택에서 거행한 파티 장면.

제3장. 파리의 한인식당 역사 창조

역도 주요했다.

　이에 한국문화원에 한인회 사무실을 마련, 교민과 유학생들의 파리 정착을 지원했다. 무엇보다 체류 허가를 받고 주택임대차 알선이 중요하고 급했다. 대체로 한국식으로 보면 복덕방 역할이었다.

　이 과정에 현금은 사양하고 수표 거래를 선호하는 바람

에 박 회장이 개인수표를 남발하게 됐다. 이 결과 세무감사를 통해 무려 7억 원 상당의 세금추징 통보를 받고 보니 너무 억울했다. 이 때문에 프랑스 정부를 상대로 20년에 걸친 장기 소송으로 투쟁했다.

결과는 추징 규모를 2억 원으로 3분의 1로 줄여 승소했지만 남은 것은 상처투성이였다. 소송 20년간의 변호사 비용에다 사업자산 등의 압류, 온 가족이 겪은 정신적 고통 등은 헤아리기 어려울 정도였다.

이런 몇 가지 배경이 「오아시스」 식당 운영을 마감한 요소의 하나로 작용했다는 뜻이다.

이 사건 이후 박 회장은 프랑스인 친구와의 협력으로 파리에서 8~40km에 이르는 신도시 건설 프로젝트 관련 한국기업 유치팀장으로 광범위하고 다양하게 재기했다. 이때 대형 골프행사 등에 참석하자 일부 측근들이 "세금 추징으로 다 망했다더니…"라고 놀란 표정이었다. 박 회장은 억울한 심정을 다 설명하기가 벅차 그냥 "별일 아니었다"고 해명했다고 한다.

## 한인회장 때 만난 키메라(김홍희) 스토리

박광근 회장이 15대 재불 한인회장 때 키메라로 잘 알려진 팝 오페라 가수 김홍희의 데뷔 홍보 역할을 맡게 됐다. 김홍희가 파리 유학생 신분으로 한인회장을 「오아시스」 식당으로 만나러 왔었다.

그로부터 그녀가 예명 '키메라'로 데뷔하자 프랑스 영화 배우 잔 마레와 그 친구들이 종종 몰려와 오아시스도 유명해졌노라고 한다.

박 회장의 그 무렵의 회고가 재미있다.

어느 날 유학생 신분의 키메라가 최고급 롤스로이스를 몰고 찾아왔다. 빨간 트리움프 오픈카를 몰고 다닌 학생이었다.

박 회장이 깜짝 놀라 "어쩐 일이냐"고 물었다.

키메라가 담담하게 "저 결혼했어요"라고 말했다. 곧이어 "신랑도 곧 소개해 드릴게요"라고 했다.

그녀가 돌아가면서 봉투 하나를 건네주면서 "이곳 한인 회장으로 참 고생을 많이 하시는데 종종 도와 드릴게요"라고 인사했다.

봉투 속에 거금 1만 프랑이 들어 있었다. 당시 한인회 기업회원들의 연회비가 7천 프랑인데 이보다 훨씬 많은 액수를 회비로 기부한 셈이다. 더구나 "앞으로 필요하시면 계속 도와 드릴게요"라고 약속하지 않았는가.

그로부터 얼마쯤 뒤에 키메라 부부가 「오아시스」 식당 가까이로 이사 왔다. 파리 17구, 몽쏘 공원 정문 앞 250평 규모의 아파트 3층을 몽땅 전세로 들어왔다고 했다.

이곳 넓적한 아파트에서 키메라 부부가 값비싼 칵테일파티를 자주 여니 고급 손님들의 차량이 몰려 왔다. 이 과정에 「오아시스」도 다소 어부지리를 누릴 수가 있었다고 한다.

# 신랑 레바논 거부 덕에
## 오페라 가수 출세?

키메라 부부가 왜 17구로 이사 왔을까.

키메라가 성악전공을 위해 음악학교 에꼴 노르망에 등록한 후 교통이 편리한 이곳으로 옮겨온 모양이다. 에꼴 노르

수원 프랑스 참전 기념비 방문 프랑스 대사님·무관님과 함께 헌화.

망은 파리 꽁세르 바튀 음대와 함께 세계적인 명문으로 유명 성악가와 기악인을 다수 배출했다.

얼마 뒤 키메라가 이 학교를 졸업한 기념으로 거부(巨富) 신랑이 키메라의 런던 심포니 오케스트라와 협연 「라스트 오페라」 음반을 제작해 내놨다.

음반이 출시 1년 만에 무려 100만 장이 팔려 나자가 단번에 유럽 최상급 오페라 가수로 부상한 것이다.

이 무렵 그녀의 화려한 모습은 국내로 전파되고 직접 한국 TV 화면에 출연하기도 했었다는 기억이다.

그녀의 신랑 레이몽 나카시앙은 화제의 인물이다. 그는 구소련과 터키의 중간지인 아르메니아 태생이나 지금은 레바논 국적으로 쇼 비즈니스로 부자가 됐다는 소문이다.

이 결과 23세 때 건물을 170채나 소유했다는 기록이다. 키메라와 결혼할 당시는 36세로 계속 부를 늘리고 있는 시기였다.

박광근 회장은 그의 스페인 호화별장에 대해 잘 알고 있다. 지중해 연안 마르벨라 인근에 위치한 그의 별장에서는 매년 키메라와 결혼기념일이나 자녀 생일에 화려한 파티를 개최한다.

이때는 세계적인 명사 600여 쌍을 초청하면서 파리로 전세기를 띄워 초청 VIP들을 실어 온다고 했다.

박광근 회장은 키메라 부부와 친근한 사이로 휴가 때는 별장으로 초청되어 집 한 채를 몽땅 내주고 고급 승용차마저 배차해 주었다고 했다.

그러나 거부의 신랑은 그 뒤 오래지 않아 스페인 병원에서 지병으로 사망하고, 키메라도 미국으로 떠나 정확한 소식을 모르지만 어디엔가 살고 있을 것으로 추정한다.

# 2. 6·25 참전 유자녀, 태생적 일편단심

## 프랑스 참전용사협회와 각별한 우정

박광근 장로는 파리 입성 후 식당업, 무역업 등 자영업으로 기반을 잡아 얼마 뒤 재불 한인회장까지 선출됐으니 파리에서 성공한 '재외 한국인의 얼굴'이다. 그러나 박 회장의 성공기는 파독 광부의 성공 스토리로부터 시작된다. 또한 6·25 참전 경찰 유자녀로서 해외로 나가 자수성가한 성공 모델로도 묘사된다.

필자는 월간 시사평론지 『경제풍월』을 발행하던 2016년 초, 서울을 방문 중인 박광근 전 프랑스 한인회장을 처음 만나 '눈물과 감동의 파독 광부 성공 이야기'를 기록했다고 보도했다.

박 회장은 남다른 신념과 의지로 성공을 개척한 '재외 한

봉마리 근처 6·25 참전 광장에서 가진 6·25 기념식 행사.

박광근 회장 회고록 / 독일에서 파리까지

국인'이지만 6·25 참전 국가유공자의 유자녀라는 점에서 태생적 국가관과 역사관이 확고부동했다.

박 회장이 파리 정착과 동시에 유엔 참전 16개국의 일환으로 한국전선에서 피 흘린 프랑스 참전용사협회와 각별한 우호관계를 조성한 것이 바로 이 때문이었다.

박 회장이 주불 한국대사관 인근에 한식당 「오아시스」를 개업, 한식 메뉴를 팔고 있을 때 프랑스 참전용사협회 소속 사람들이 찾아와 단골손님이 됐다. 박 회장이 이들을 특별히 귀중한 VIP 고객으로 예우했음은 물론이다.

이로부터 상호 우정과 신뢰 관계가 깊어지자 프랑스 참전용사협회가 박 회장에게 6·25 참전기념 박물관에 전시할 전쟁유물들의 수집, 협조를 요청해 왔다.

프랑스 중부지방 소뮈 근처에 있는 육군장교 후보생학교 내 참전기념 박물관에 전시할 유엔군과 적군들(북한 인민군, 중공군, 소련군 등)의 피복과 전투장비 등 모든 전리품을 수집해 달라는 요청이었다.

이에 박 회장은 재불 한인회 인맥과 한·불 친선협회 박창원 회장과 함께 이를 최대한 지원하기로 나섰다.

우선 주불 한국대사관 무관부에 프랑스 참전용사회의 요청을 전달, 한국 정부의 지원을 요청했다.

한편 박창원 회장과 함께 모국을 방문하여 대한재향군인회의 국제부와 안보국에 협조를 부탁하고 국방부 장관실과 지갑종 유엔참전협회장에게도 협력을 요청했다. 이로써 프랑스 참전용사협회 측이 기대하는 수준의 전시품 수집에 성

6·25 전쟁 프랑스 참전용사들과 함께.

공할 수 있었다.

이에 프랑스 참전용사협회가 만족하여 박 회장을 명예회원으로 추대하고 은장공로 훈장까지 받게 주선했던 것이다.

박 회장은 프랑스 참전용사협회와의 특별한 관계가 6·25 참전 혈맥간의 자연스런 우정이 아니겠느냐고 말한다.

# 6·25 인민군 치하
# 체험 한 토막

박 회장은 6·25 때 부친이 인민군 패잔병들과의 교전에서 전사한 후 모친과 전 가족이 인민군 치하에서 겪은 짧은 체험 한 토막을 상기한다.

당시 몸을 숨길 곳이 없어 인접 오가면의 아는 댁 소개로 겨우 거처를 정하고 이웃집들 눈치 봐가면서 불안하게 은신했다.

이때 당장 먹고 살 방도가 없어 시골집 처마 아래 가마니를 깔아놓고 밀짚모자를 눌러 쓰고 참외 장사를 하고 있었다.

때마침 오가초등학교 동기생인 권수길 부농집 외아들이 알아보고는 자기 집으로 같이 가자고 했다. 친구는 부친과 함께 잠시 산보 나왔다가 참외 장사를 보고는 "너 박광근이 아니냐"며 자기 부친에게 집으로 데려 가자고 졸랐다.

그러나 오가면 최대 부농인 친구의 부친은 난처한 표정으로 망설였다. 지금 인민군과 치안대의 감시가 얼마나 무서운데 '반동 경찰관 자식'을 집으로 데려갈 수 있겠는가. 그렇지만 귀여운 외아들이 자꾸만 졸라대는 데 어쩔 수 없지 않는가.

이렇게 해서 박광근은 온 식구들이 배고플 때 혼자 친구 덕에 얼마동안 배불리 먹을 수 있었다고 한다. 이때 친구 녀석이 고마운 것은 말할 것도 없지만 어머님을 비롯한 가족

파리 참전 광장에서 6·25 행사.

들에게는 미안했었다는 회고다.

## 6·25 참전
## 몽클라르 장군 이야기 감동

박 회장은 6·25 참전 영웅 프랑스 랄프 몽클라르 장군 이야기에 늘 감동이다. 지난 2021년 2월 16일 연합뉴스가 랄프 몽클라르 장군의 아들 롤랑 몽클라르(71) 씨와 인터뷰하고, 그의 딸(29)과 아들(20)이 6·25 참전협회에 가입했다는 소식을 담은 기사를 자신의 회고록 한켠에 남기고 싶다고 했다.

몽클라르 장군은 세계2차대전에 참전한 후 프랑스 육군 중장으로 전역한 바 있다. 그러다가 프랑스 정부가 한국전 참전을 결정하자 중령 계급으로 강등하여 프랑스군 대대장하고, 그의 딸(29)과 아들(20)이 6·25 참전협회에 가입했다는 소식을 담은 기사를 자신의 회고록 한켠에 남기고 싶다고 했다.

몽클라르 장군은 세계2차대전에 참전한 후 프랑스 육군 중장으로 전역한 바 있다. 그러다가 프랑스 정부가 한국전 참전을 결정하자 중령 계급으로 강등하여 프랑스군 대대장으로 참전하겠다고 지원했다.

이 결과 미 육군 제2사단 23연대에 배속된 프랑스군 대대장으로 전투를 지휘했다.

프랑스군은 몽클라르 대대장 지휘 아래 1951년 2월 13

일부터 16일까지 4일간 경기도 양평군 지평리 전투에서 중공군의 벌떼 공격을 막아 승리로 이끌었다. 지평리 전투는 6·25 한국전쟁 중 10대 전투로 기록되어 있다.

이 같은 지평리 전투 70주년 기념일을 앞두고 연합뉴스 특파원이 장군의 아들 롤랑 몽클라르 씨 자택을 찾아가 인터뷰한 것이다.

몽클라르 장군의 한국전에 참전할 당시 첫아들 롤랑은 알제리의 수도 알제에서 태어난 지 겨우 한 살이었고, 둘째인 동생 바피엔은 아직 어머니 뱃속에 있었다.

이 둘째 아들이 성장하여 장군의 참전 공적에 관한 각종 추모 활동을 주관해 오다가 2017년 12월 사망하여 형 롤랑 씨가 이를 맡고 있었다.

롤랑 씨가 14세 때 돌아가신 부친에 관한 기록으로는 전쟁이 한창이던 1950년 12월 23일자 한국전선에서 보낸 부친의 편지를 보여줬다.

"롤랑아, 언젠가 내가 너를 두고 떠나야 했던 이유를 물을 것이다. 한국의 길거리에는 너와 같은 옷차림으로 돌아다니는 어린 소년들이 아주 많단다. 너와 같은 어린 소년들이 길거리서, 물속에서, 진흙 속에서, 눈 속에서 헤매지 않도록 하기 위해 우리가 여기에 왔단다."

이어 롤랑 씨는 "아버지가 참전할 당시 한국은 매우 가난했지만 지금은 눈부신 경제발전으로 세계가 찬양하고 나 또한 한국의 발전에 자부심을 느낀다"고 들려 줬다.

이 무렵 한국 정부는 코로나 대유행기를 맞아 프랑스 참전용사와 유가족들에게 KF94 방역 마스크를 전달했다. 롤랑 씨가 이에 대해서도 감사하다고 인사했다.

박광근 회장은 프랑스 참전용사협회 명예회원으로 추대된 후 랄프 몽클라르 장군의 6·25 참전 관련 이야기들을 소중하게 보관, 기억하고 싶다는 심정을 말한다.

## 센 강변 6·25 참전비의 292명 전사자 명단

프랑스 정부는 지난 5월 18일(2021년) 파리 4구, 센 강변에 있는 6·25 참전비 하단에 전사자 292명의 명단을 동판에 새겨 제막식 행사를 가졌다. 전사자 명단 속에는 프랑스 대대에 배속됐다가 전사한 한국군 24명도 포함됐다.

프랑스 정부 측에서는 보훈장관, 상원 외교·국방위원장 및 참전용사 협회장 등이 참석하고 한국 측에서는 주 프랑스 대사, 송안식 한인회장 등이 참석한 것으로 보도됐다(조선일보 손진석 특파원).

이날 제막식 참석 얼굴 가운데 누구보다도 참전용사 9명이 돋보였다. 이 중엔 프랑스 군이 가장 치열하게 싸운 '단장의 능선' 전투에 참전했던 자크 그리졸레(93) 노병도 참석했다. 또한 2차대전 때 육군 중장으로 참전했던 랄프 몽클라르 장군의 아들 롤랑 몽클라드 씨도 참석했다.

랄프 몽클라르 장군은 중령 계급으로 자진 강등하여 프랑스군 대대장으로 참전, 지평리 전투를 승리로 이끌었다.

프랑스 군은 6·25 때 3500명이 참전하여 전사율 7%로 참전 유엔군 가운데 가장 높은 비율을 기록했다. 현재까지 생존 용사는 60여명에 불과하다고 한다.

이날 제막식에서 프랑스 보훈장관은 "6·25 참전이 프랑스 영토나 국익을 위한 것이 아니라 유엔의 평화수호에 동참한 프랑스군 역사상 매우 특별한 일"이라고 지적했다.

유대종 주불 한국대사는 6·25 참전 기념비에 프랑스군 전사자와 함께 한국군 전사자 명단을 함께 각인한 것은 한·불 양국 국민의 우애의 상징이 될 것이라고 말했다.

## 좌파 대부 사르트르가 한국에 주는 교훈

파리에 정착, 오래 거주해온 박광근 회장은 프랑스 지성계를 대표해온 우파 레이몽 아롱(1905~1983)과 좌파 대부 장폴 사르트르(1905~1980) 간의 동지와 적대 관계를 보고 들어왔다.

박 회장은 6·25 참전 경찰관의 유자녀로 태생적인 우파, 보수성향이다. 필자가 '박광근 평전'을 위해 몇 가지 질문을 하는 시각에 박 회장이 '좌파 대부 사르트르가 한국에 주는 교훈'이라는 언론칼럼이 "오늘의 한국 세태에도 적용될 것"이라며 참고 자료라고 제시했다.

프랑스 사회에서 좌파 사르트르는 파문을 당한 반면 그의 적수였던 아롱은 21세기 국민 사부(師父)로 추대됐다는 요지다. 아롱과 사르트르 사이를 갈라서게 만든 결정적 사건이 바로 6·25 전쟁이라는 사실이 가장 주목된다.

사르트르는 프랑스 공산당 주장 그대로 "6·25는 남한 괴뢰당이 북한을 침략했다"고 주장했다. 반면에 종군기자로 활약했던 아롱은 「르 휘가로」 신문 칼럼을 통해 "6·25는 소련 공산당의 사주를 받은 김일성의 남침으로 세계2차대전 후 가장 중대한 사건"이라고 규정했다.

사르트르는 북의 남침이 사실로 드러나자 다시 "남한과 미국이 남침을 유도했다"고 말을 바꾸고 "6·25는 한반도 통일전쟁이었다"는 극좌파의 주장에도 동조했다. 또 좌파에 동조해온 지성계에서도 북의 남침을 주장한 아롱에게 '미 제국주의의 주구'(走狗)라고 매도했다.

이에 대해 우파는 침묵, 회피로 대응했다. 이때 아롱이 『지식인의 아편』을 집필했다. 마르크스의 공산당 선언이 종교를 『지식인의 아편』이라고 규정한 데 맞춰 '공산주의야말로 지식인의 아편'이라고 반박한 셈이다.

아롱은 이 책을 통해 "반 인권적인 공산주의에 동조하는 좌파가 '진보'의 이름을 독점하고 민중에게 거짓 선전, 선동을 일삼는다"고 개탄했다.

## 모두가 가난한 '평등사회'로 가자는가

아롱은 소련도 몰락할 것으로 예견했다. 오류를 인정하

지 않는 마르크스주의의 치명적 결함이 거대한 소련을 침몰
시킬 수밖에 없다고 내다본 것이다.

"정치는 선악의 투쟁이 아니고 과거와 미래의 투쟁은 더
욱 아니다. 좀 더 바람직한 것과 그렇지 못한 것 사이의 선
택일 뿐이다. 정치와 이념을 선과 악의 투쟁이라는 이분법
적으로 구분하는 것 자체가 잘못이다. 그런 점에서 마르크
스주의는 실패의 씨앗을 잉태하고 있다."

아롱은 소련 체계의 야만성, 폭력성을 비호하는 좌파의 '
진보적 폭력론'을 비판했다.

"혁명의 완성을 위해 반혁명 세력에 대한 폭력은 용인해
도 좋다는 '진보적 폭력론' 도그마(godma)에 빠진 좌상의
실상 그대로다.

자유를 갈망하는 헝가리 국민을 탱크로 짓밟은 소련에서
무엇을 보았나. 무엇이 그들에게 인류의 보편적 가치인 자
유와 인권에 눈 감게 만들었는가. 이념의 우상, 독선의 도그

마에 빠진 탓이다.”

아롱은 좌파들이 자유주의 시장경제가 자본주의 ‘착취 도구’라는 주장도 강력 비판했다.

공산주의가 “능력에 따라 일하고 욕망에 따라 배분 받는다”고 말하는 선전은 허공의 유토피아다. 이 같은 허구에 몰입할수록 ‘모두가 잘사는 세상’이 아니라 ‘모두가 가난한 세상’으로 전락할 가능성이 높다고 지적했다.

아롱은 “오류를 인정하지 않고 다른 의견을 용인하지 않는 폐쇄성은 전체주의로 귀결된다는 것이 역사의 교훈이다”라고 말했다.

한참 뒤에 공산주의가 해체되자 아롱이 옳았다는 결론이다. 아롱과 사르트르는 죽기 전에 극적인 화해를 했다.

불한 친선협회 프레데릭 듀퐁 회장(7구 국회의원)과 지크 시락 시장 초청 만찬장에서.

제3장. 파리의 한인식당 역사 창조

2017년 7월 2일, 사르트르가 1946년에 창간한 좌파신문 「리베라 시옹」(해방일보)가 국민 앞에 사과한 것이다.

## 한국은 마치 1960년대 프랑스 시대

아롱의 사상을 21세기에 꽃피운 사람이 오늘의 프랑스 대통령 마크롱이다. 그는 프랑스 좌파의 몰락으로 "프랑스를 더욱 프랑스답게 만들고 있다"는 평가다.

파리 불로뉴 숲 서울공원에서 가진 광복절 기념 행사.

반면에 시대가 흐르고 바뀌었지만 대한민국 사회는 아직도 '1960년대의 프랑스 시대'에 머물고 있는 것이 아닐까.

한국의 상당수 지식인 가운데 아롱이 말한 '사회주의의 아편'에서 자유롭지 못하다는 '불편한 진실'을 어떻게 봐야 할까.

집권여당 민주당이 국회를 완전 장악한 정치 행태를 보면서 왜 거대 소련이 침몰했는지 연상되지 않는가.

진보와 보수는 양 날개로 비행에 필수적이다. 그러나 지금 한국의 진보는 '주사파 운동권', '종북 주사파'로 아롱이 사르트르에게 던진 경고를 지금 그들에게 보내고 있는 것이 아닐까.

## 고등사범 수석 졸업과 낙제생 사이

아롱과 사르트르는 동갑 동기동창이지만 파리 고등사범 졸업 시 레이몽 아롱은 수석졸업, 선동가 사르트르는 졸업시험 낙제, 재수 끝에 다음해에 졸업했다. 사르트르는 이 같은 콤플렉스를 죽을 때까지 극복하지 못했다.

한때 젊은 대학생들은 아롱을 조롱하고 사르트르를 추종했지만 그들의 사후에 아롱은 프랑스의 최고학자, 사상가로 존경되지만 사르트르는 자신의 과오를 인정해야 할 처지다.

아롱은 "정직하고 머리 좋은 사람은 좌파가 될 수 없다"고 했다. 그러니까 모순투성이 사회주의의 본질을 모른다면 '머리가 나쁜 것' 알고도 추종한다면 '거짓말쟁이' 아닐까.

# 이인호 교수의
# 인권 청문회 증언 감동

박 회장은 지난 2021년 4월 15일 미 하원 톰 랜토스 인권위원회가 주재한 한국인권 관련 청문회에 이인호 전 주러시아 대사(서울대 명예교수)의 증언이 "너무 감격스럽다"고 몇 번이나 강조했다.

북의 3대 세습독재 김정은 동생 김여정 하명법(下命法)으로 불린 '대북전단금지법'이 이슈의 하나였다.

이인호 교수는 일부 비판자 그룹으로부터 '미국의 앞잡이'라는 비난의 위험을 무릅쓰고 이 청문회의 증인으로 참석했다고 밝혔다.

이 교수는 "우리 조국의 시민적 정치권리 상황이 표면적으로 보이는 것과 같지 않다는 경고를 인식했기에 여기 출석했다"고 말했다.

"박근혜 탄핵은 정상적인 정권교체 아닌 '혁명적 쿠데타'이며 촛불 시위의 결과는 대한민국이 1948년 '반공산주의' 자유민주주의 공화국으로 탄생한 역사적 사실을 공개적으로 부인하는 사람에게 최고 권력을 넘겨준 것"이라는 역사적 진실을 밝혔다.

이어 "조국 전 장관 임명으로 대중들이 문 정권에 실망하고 깨어나기까지 4년간 적폐청산의 광기(狂氣)와 임종석(비서실장) 같은 '극좌세력'의 정권 중심부 진출, 언론통제, 친북, 친중행보, 대기업 압박, 사회분열, 코로나 팬데믹을 이

용한 반정부 시위억압 등"을 집약적으로 묘사했다.

이 교수는 "지난해 4·15 총선 압승 뒤 더욱 과감해진 '반자유주의 이데올로기 색채'와 일당독재로 대북전단금지법, 5·18 특별법, 공수처법 등 국민의 자유를 억압하는 '악법'들을 강행 통과시켰다"고 비난했다.

이 교수는 대북전단금지법이 북한 주민들의 생사에 영향을 미치는 문제라 할지라도 "김정은의 뜻에 반대되는 것은 어떤 일도 하지 않겠다"는 문재인의 결심을 반영했다고 강조했다.

5·18 특별법은 "정치적 토론의 자유, 학문의 자유에 내려진 사형선고에 버금간다"고 지적했고, 공수처법은 "대통령에게 자신의 측근을 향한 공정한 조사와 기소를 막아줄 무제한적 권한을 부여하게 될 것", 국정원법의 개정은 "한국 국가정보원이 공산주의 활동을 조사할 권한을 박탈한 법"으로 "북한과 중국 공산당 요원이 한국에서 발각될 위험 없이 활동을 가능하게 만든 것"이라고 규정했다.

6·25 참전 경찰관 유자녀 출신인 박 회장은 이인호 교수의 상당히 긴 청문회 증언록을 들고 와서는 필자에게 "위기에 빠진 조국 대한민국을 구하기 위해 개인에게 쏟아질 수 있는 비난과 중상모략조차 감수하겠다는 노학자의 절규와 호소"라고 설명해 줬다.

조기 자립기반으로 교민사회 얼굴 부상
한국문화원 내에 모처럼 사무실 공간 빌려
박창원 회장, 이동수 회장의 특별지원
88올림픽 후원회장직도 보람과 소명감
소련, KAL 007 민항기 '조준격추' 만행
프랑스 교민사회 구심점 역사 뿌리
21대 회장 때 한인회관 '내 집' 마련
한인회 뿌리 깊지만 자유분방, 개인주의 성향

# 제4장

---

# 파리 입성 13년 만에
# 재불 한인회장

## 조기 자립 기반으로
## 교민사회 얼굴 부상

박광근 회장이 파리 진출 후 단기간에 자립기반을 조성하고 다양한 인맥으로부터 신망을 쌓아 '재불 한인회장'으로 선출될 수 있었다. 1969년 파리로 입성한 모험을 감행한지 불과 13년 만의 '입신양명'이었다.

1982년 파독 광부 출신으로 제15대 재불 한인회장에 선출되어 교민사회의 지도적 얼굴로 부상한 것이 큰 의미였다.

한인회장직은 선출직이었지만 박 회장은 경쟁자가 없는 단일 후보로 추천되어 무투표 당선으로 취임했다.

회장 임기는 1년으로 규정되어 매 연말이면 새 회장이 선출된다. 박 회장은 15대에 이어 1983년 16대 회장에 연임되어 2년간 활약했다.

한인회장 임기 1년제는 초대 한묵이 회장 이래 지속되어 왔으나 너무 짧아 충분한 활동을 할 수 없다는 판단으로 박 회장 임기 중에 임기를 2년으로 연장하여 후임 회장부터 2년제로 운영됐다.

박 회장이 사전 기반이 없는 파리에서 짧은 기간에 자립하여 한인회장으로 선출된 배경에는 무엇보다 파독 광부 인맥이 기초 기반이었다고 볼 수 있다.

광부 출신들은 프랑스 내 각계로 진출해 있으면서 박 회장이 구라파 최초의 한인교회로 파리연합교회를 창설할 때

기사도 협회 회장님과 함께(제네바).

동참하고 한식당 오아시스를 경영할 때도 직·간접으로 적극
협력했다.

　그러니까 파독 시절에 '생사고락을 나눈 동지의식'이 파
리로 진출한 이후에도 결속, 단합력으로 '파독 광부 출신 한
인회장'을 탄생시켰노라고 자부하게 된 것이다.

　한인회장의 직무는 다양하고 책임은 무거웠다. 회장이
주관해야 하는 고정·정규 행사가 3·1절 기념행사에서부터
5월의 한인체육대회, 8·15 광복절 기념행사, 가을에는 코리
언 페스티벌, 연말에는 차기 회장 선출을 위한 총회 및 송년
회 행사로 꽉 짜여 있었다.

　이외에 역대 회장마다 짧은 임기에 쫓기면서도 특색 있는
장·단기 발굴행사를 진행해 왔다.

　박 회장은 우선 그동안 교민사회 동향을 지켜본 소감을
반영하여 교민을 위한 무료 생활불어 교육 및 법률상담을

시행했다.

또 문화예술 분야 전공이 많은 특성을 고려하여 미술, 음악 분야 관련 프랑스 정부의 지원제도 등을 홍보, 안내하는 데도 역점을 두었다.

구체적으로 미술 전공자들을 위한 홍보책자를 발간·배포하고 음악 전공자들에겐 콘서트 개최 지원으로 기량을 발휘할 기회 제공을 배려했다.

## 한국문화원 내에
## 모처럼 사무실 공간 빌려

한인회 회장 임기가 1년으로 너무 짧은 데다 한인회 사무실마저 확보되지 않아 회장이 바뀔 때마다 회장 개인 사무실로 집기류와 서류를 옮겨 다녀야 했다.

이기택 의원님과 함께.

박 회장이 궁리 끝에 파리에 진출해 있는 한국문화원과 협력하여 한인회 사무실 공간을 협조받았다. 이곳에 모처럼 한인회 사무실을 확보하자 파리노선에 취항하고 있는 대한항공이 책상과 캐비닛 등 주요 비품을 지원해 주었다.

또 박 회장과 친분이 쌓인 패션업체 우연상사의 이동수 회장이 사무실용 태극기와 한인회기를 제작·지원해 주고 복사기, 한글타자기, 팩스 등 사무기기류도 지원해 모처럼 반듯한 한인회 사무실 모습을 갖췄다.

이때 한인회 상징 깃발은 디자인을 공모 선정하고 제작은 우연상사가 맡았다.

한국문화원 내에 한인회 사무실을 마련했다는 소식을 듣고 '불·한 친선협회'가 사무총장을 통해 "우리도 책상 하나 공간만 협조해 달라"고 요청하여 함께 근무하게 되어 마치 한·불 공동사무실 격이었다.

당시 불·한 친선협회장은 파리 7구에서 당선된 프레데릭 뒤퐁 의원으로 평소 한·불간 우호, 친선, 재불 한인사회 지위 향상 등에 적극적인 관심을 보여주었다.

박 회장은 한인회 사무실 확보 이후 교민들과 유학생들의 안정 정착을 보다 활발하게 지원할 수 있었다. 기본적으로 프랑스 정부의 정책과 교민정착을 연계시키는 과제였다.

유학생들을 위한 대학입학제도, 체류허가 신청, 가족수당, 임대주택 알선 등이 중요했다. 박 회장은 주택임대차 알선, 체류허가 신청 등에는 많은 시간이 소요되어 늘 분주하게 뛰었노라고 회상한다.

또한 주택임대차 알선 과정에는 한국형 복덕방 역할로 이런저런 고충을 겪기도 했다고 회고한다.

## 박창원 회장, 이동수 회장의 특별지원

박 회장이 15대 회장 취임 후 첫 주요 행사가 런던에서 개최되는 구주 한인체육대회 출전이었다. 런던대회는 당시 군 출신 강영훈 대사(후일 국무총리 역임)가 적극 지원하여 최대 규모 개최로 예고되어 있었다.

파리 한인회도 버스 2대 규모로 출전했으니 상당한 규모였다. 경기 결과는 주최국인 런던에 이어 종합성적 2위를 기록했다.

런던대회 '성공개최' 바로 다음해인 1983년 파리서 열

중국 선양에서.

리는 구주 한인체육대회가 박 회장에게 부담이 될 수밖에 없었다.

이 때문에 15대 회장 임기를 마치고 16대 회장에 연임하자마자 대회 준비를 고심했다.

파리대회는 런던대회보다 규모와 진행방식 등이 달라졌다. 경기 종목은 축구, 배구, 정구, 탁구에다 씨름, 줄다리기, 족구, 골프까지 확대했다. 또 종목별 트로피에다 금·은·동메달도 달아주기로 했으니 소요 비용도 문제였다.

박 회장은 고국을 방문, 대한체육회로부터 전국체전 규정 및 경기규칙 등을 받아 이를 파리대회에 준용키로 했다. 구주 한인체육대회 사상 최초였다.

무엇보다 막대한 소요예산 확보가 긴급했다. 한인회원과 기업회원사들의 연회비, 협찬 등 기본재원 외에 주불공관 및 모국 경제계의 협력을 얻기 위해서도 열심히 뛰었다.

한·불 친선협회 박창원 회장이 기독교 교민들을 위해 고급 성경책 300권을 기증해 왔다. 박 회장과 친교가 깊은 우연상사 이동수 회장이 참전 선수들의 유니폼을 지원하고 참전용사들의 모자와 티셔츠도 기증했다. 또 한인회 사무실 집기류도 추가 기증했다.

박창원 한·불 친선협회장은 육사 5기 출신 장군(준장)으로 관선 경기도지사를 역임한 후 아주대학을 비롯하여 유신중고, 창현중고 등을 설립한 교육자로서 큰 족적을 남겼다.

박창원 회장의 둘째 아들이 파리대학에서 경제학을 전공하여 종종 파리를 방문하면 박 회장이 경영하는 오아시스를 찾아주기도 했다.

프랑스 참전용사협회가 박광근 회장에게 6·25 참전기념 박물관에 전시할 참전국·적군들의 전투장비, 피복 등의 수집 협력을 요청했을 때도 적극 협력했다.

우연상사 이동수 회장은 '한번 해병이면 영원한 해병'이라는 경상도 출신 해병으로 패션비지니스에 관심을 보여 박 회장이 프랑스의 패션잡지류를 종종 가져다 전해 주었다.

그러다가 어느 해에 박 회장 부인이 최신 명품패션을 입고 귀국했을 때 롯데호텔서 잠시 만나 명품을 그대로 카피하여 패션산업을 일으켰다.

이로부터 박 회장 부부와의 친교가 깊여져 재불 한인회에도 꾸준히 협찬·기증해 왔던 것이다.

## 88올림픽 후원회장직도 보람과 소명감

박 회장이 제16대 회장 때인 1983년은 잠시 숨 돌리기도 어려울 만큼 대형 이벤트에다 충격적인 참사가 일어난 해이다.

파리에서 개최된 구주 한인체육대회가 막중한 한인회 행사였지만 곧이어 독일 바덴바덴 IOC 총회에서 사라만치 위원장이 88올림픽 개최지는 '서울'이라고 선언했다. 막강한 국제 로비력을 발휘한 일본 나고야를 누르고 서울이 승리하여 세계가 깜짝 놀란 순간이었다.

파리연합교회 목회자들과 함께.

　당시 정주영 서울올림픽 유치단장 등 일행이 만세 부르
며 감동하는 장면이 TV 중계화면으로 모국과 세계로 전파
됐다.

　박 회장은 재불 한인회장 자격으로 88올림픽 후원회장이
되어 5년간 최선을 다해 뛰었다. 또 당연직으로 해외 평통자
문위원으로 위촉되어 10년간이나 봉사했다.

　박 회장은 올림픽 후원회장직이 단순한 명예직을 넘어 대
회 성공을 위해 실질적인 기여를 하자면 과중하다고 느끼면
서도 즐거운 마음으로 최선을 다했다.

　나라 잃은 망국(亡國) 시대에 태어난 박 회장은 8·15와
6·25를 겪고 부친이 전사한 후 다시 4·19와 5·16 격변을
눈으로 보고 몸으로 체험했다. 그 뒤 "돈 벌어야 살 수 있
다"는 절박한 심정으로 파독 광부에 지원한 파란만장의 인
생 아닌가.

이 때문에 자신의 피 속에 타고난 애국충정이 깃들고 있음을 깨달아 잊지 않는다. "나의 조국 대한민국이 가난했던 분단국에서 일어나 지구촌 큰잔치를 개최한다는 것이 얼마나 자랑스럽고 영광스럽느냐"는 심정이다.

이에 88후원회장을 보람과 소명감으로 느꼈다. 프랑스 각 도시가 주관하는 국제박람회에 참가하여 서울올림픽 홍보 코너를 운영함으로써 여러 모로 대한민국을 부각시켰다.

올림픽 상품을 비롯하여 한국의 전통 공예품, 민예품, 토산품 및 전통가구들을 선보이고 한국식당 운영으로 한국의 맛도 선전했다.

또 한복 쇼, 태권도 시범 등 전통문화 소개 프로그램도 다양하게 진행했다.

재불 한인회가 불·한 친선협회와 참전용사협회와 함께 한국상품 전시회를 3개월간 주관한 것도 큰 성과를 올렸다.

프랑스 정치가 시몬 베이유 접견(여성동아) 세계 여성 정치가 탐방차.

전시회는 파리의 중심가 세느 강변의 퐁뇌프 다리 옆에 위치한 사마리텐 백화점 3층에 꾸몄다. 백화점 옥상과 거리 (rue de Rivoli) 추녀마다 태극기를 게양하여 대한민국 분위기를 높이 띄웠다.

전시회에는 민예품, 공예품, 토속품, 전통가구들 외에 최신 전자제품, 한국식품을 전시하고 한식당도 운영했다. 이 전시기간 중 민예품과 공예품 구매 주문량이 30만 달러를 기록했다.

KOTRA 윤자중 사장이 파리관 사상 최대 성과를 올렸다고 평가하고 KOTRA 화보지 표지사진으로도 소개했다.

## 소련, KAL 007 민항기 '조준격추' 만행

재불 한인회가 88 후원사업의 일환으로 한국상품 전시회에 몰두하고 있는 기간에 충격적인 비보가 전달됐다. 1983년 9월 1일 소련 전투기가 KAL 007 민항기를 조준사격으로 격추한 만행이었다. 이로 인해 무려 269명의 귀중한 목숨이 한꺼번에 희생됐다.

당시 프랑스 TV 화면을 통해 소련 전투기 조종사가 정확히 '조준발사'로 격추시켰다는 음성녹음이 들려왔다.

세상에 이럴 수가 있는가.

박 회장이 한인회 긴급 임원회의를 소집했다.

파리시 경시청 루이 아마드 청장에게 요청하여 '초특급'

신동우 화백과 함께.

시위 허가를 받고 대소련 항의서를 작성키로 했다. 이 합의
서는 곧 프랑스 대통령, 미국 대통령, 유엔 사무총장에게 전
달했다.

항의집회 준비를 서둘러 피격 3일 만에 재불 한인회가
불·한 친선협회, 불·한 경제인연합회, 6·25 참전용사협회 등
과 함께 500여명의 시위대를 구성하여 개선문에 집결하여
주불 소련대사관 앞으로 시위 행진했다.

연도에는 수많은 파리 시민들과 각국 관광객들이 동조,
격려했다. 이들에게도 소련당국에 보낸 항의서를 나눠주었
다.

이때 경찰은 시위대보다 많은 병력을 동원하여 시위대를
보호하면서 질서를 유지시켰다. 다음날 아침 신문들이 표지
사진으로 크게 보도했다.

KAL기 격추 2주째는 마들렌 성당에서 참사피해 4개국
대사(한국, 미국, 캐나다, 일본), 프랑스의 각료, 국회의원 및

KAL 조종사와 승무원 등 2000여명이 참석한 희생자 추도식을 올렸다. 재불 한인회가 주관한 이 추도식은 대한항공 조중훈 회장과 공동으로 진행했다.

추도 행사는 여러 종교인들의 참석을 고려하여 카톨릭식, 기독교식, 불교식 등으로 개최했지만 충격과 분노 앞에 엄숙한 분위기는 한 가지였다.

## 프랑스 교민사회 구심점 역사 뿌리

프랑스 한인사회 역사는 대체로 1968년에 설립한 '재불한인회'로부터 계산한다. 그러나 좀 더 거슬러 올라가면 1919년의 '재법한민회'가 뿌리로 100년사에 이른다.

재불 한인회가 재외동포재단과 함께 발간한 「프랑스 한인 100년사」(1919~2019)에 따르면 일제강점기를 통해 한인회는 거의 숨도 쉬기 어려운 처지로 연명했고 8·15 이후에도 6·25를 거치는 격동기 동안 극도의 침체기를 보냈다.

당시 통계에 따르면 1960년 파리에 거주하는 한국인이 겨우 170명이었지만 이중 유학생이 120명이었다. 그 뒤 1963년에 유학생 중심의 '재 프랑스 한인 학생회'가 결성됐다가 1968년 '재불 한인회'로 발족했다.

재불 한인회 초대 회장이 한인학생회를 이끌었던 한묵이 회장으로 1년 임기를 4차례를 중임했다. 그로부터 박광근 15대, 16대 회장 때 정관을 고쳐 후임인 17대 회장부터 2년 임기제로 오늘에 이른다.

역대 한인회장들은 3·1절, 8·15 광복절, 한인체육대회, 송년회 등 고정적인 행사 외에 한인사회의 기대와 요청을 반영하여 수시, 임시 행사들을 추진했다.

대표적인 사례로는 △교민을 위한 생활불어 강좌(1982년) △무료 법률상담(1983년) △한인의 날 행사(1984년) △교민 바둑대회(1991년) △3·1절 테니스 대회(1993년) △한인회 회장기배 골프대회(1994년) △재불 한인예술제(1995년) △설맞이 민속의 날(1997년) △한인회 회장배 테니스 대회(1997년) △북한동포, 조선족 돕기운동(1999년) △북한돕기 자전거 대행진(2000년) 등이 있다.

## 21대 회장 때 한인회관 '내 집' 마련

재불 한인회의 기본재원이란 회원들의 연회비가 주축이라 늘 재정난에 시달렸다. 이런 형편이니 한인회 회관이 없이 떠돌이 신세를 면할 수 없었다. 15대 박광근 회장 때 한국문화원 내에 사무실 공간을 빌려 쓰기도 했지만 오래지 않아 비워주고 나와야만 했다.

1992년 제21대 이철종 회장에 이르러 한인회관 마련운동이 시작됐다. 회관 마련 바자회와 상조회 모금운동으로 3년 만에 100만 프랑을 모금함으로써 파리 15구(83, Rue de LA croix Nivert 75015, Paris)에 회관을 구입했다.

여의도 6·25 전쟁기념 전시회에서 노획한 김일성 승용차 앞에서 지갑종 6·25 참전협회 회장님과 함께.

　이로써 무려 26년 동안 떠돌이 난민 신세를 면하고 '내 집 장만'의 꿈을 실현했다. 이 같은 감격으로 1994년 10월 1일, 재불 한인회관 현판식에는 장선섭 주불 대사 등 여러 대표들이 함께 테이프 커팅으로 자축했다.

　한인회 회관을 마련한 뒤에도 운영 재정난은 거듭됐다. 모국 대한민국이 IMF 구제금융을 받게 되고 관광객 발길이 줄어들자 교민들이 운영하던 식당과 여행사들이 줄도산하게 됐다. 일부 유학생들은 본국에서의 송금이 끊어져 집세가 밀려 '야반도주'하는 불상사가 생기기도 했다.

　이 결과 제24대 정대일 한인회장은 회관운영 유지마저 어려워 회장직을 사퇴하고 말았다. 이에 박홍근 부회장이 회장직을 승계할 수밖에 없었다.

　후임 박 회장이 바로 15~16대 회장을 역임한 박광근 회장의 동생이다. 당시 박홍근 회장은 연세대 동문 LG그룹 구본무 회장의 추천으로 반도패션 파리 지사장을 맡고 있었다.

박홍근 회장은 위 형인 박광근 회장이 초청하여 여행업 등을 경영하면서 파리연합교회에도 참석하며 형제가 장로로서 오랫동안 동행했다.

박홍근 회장은 회장직 승계 후 유럽 한인총연합회장직도 맡았다. 또한 당연직 민주평통 유럽회장직도 역임했다.

그 뒤 재불 한인회 운영이 정상화된 것은 2005년 제28대 김성문 회장 때로 기록되어 있다. 그만큼 한인회가 장기간 재정난으로 허덕였다는 사실을 말해준다.

## 한인회 뿌리 깊지만
## 자유분방, 개인주의 성향

재불 한인회의 운영 재정난은 현지 교민사회의 경제사정을 반영하는 의미가 있었다. 프랑스 한인사회의 구성원 대다수(70%)가 유학생이므로 이동성이 잦을 수밖에 없다.

현지 정착 교민들도 경제사정이 있었지만 공동체 의식이 얕은 편이었다. 프랑스인들의 자유분방성과 개인주의 성향에 동화된 측면이 있었다고 본다.

이 결과 재불 한인회의 뿌리는 깊지만 한인타운이 조성되지 못한 채 뿔뿔이 흩어진 양상이다. 그러다가 김성문 회장 때에 이르러 세대교체, 차세대의 부상 등의 추세가 반영된 듯 긍정과 단합형세로 한인회가 재도약기를 맞은 것이다.

파리의 재불한인회 외에 지방한인회, 한인여성회, 한인

세계 한민족 대표자회의 유럽 대표로 참석.

원로 '푸른 소나무' 청솔회, 유학생회 등도 새로운 기세를
나타냈다.

　프랑스는 한국 입양인이 많은 나라에 속한다. 유엔 참전
국들에 한국 입양이 많지만 보건복지부 통계(1958~2017)
에 따르면 한국의 해외입양은 총 16만 7244명. 국별로는 미
국 11만 2515명에 이어 프랑스가 1만 1201명으로 제2위
다. 그 뒤 스웨덴 9708명, 덴마크 8798명, 노르웨이 6517
명 순이다.

　2017년 기준 해외동포 현황에 따르면 프랑스 거주 한국

인은 총 1만 6251명, 이 중 입양인이 1만 1201명으로 재불 한국인과 거의 비슷한 것이 특징이다.

왜 이런 구조가 됐을까.

이는 프랑스의 저출산과 인구 고령화의 영향으로 분석된 다. 프랑스는 1969년 3월, 홀트아동재단과의 협약으로 한 국 아동의 입양을 적극적으로 받아들인 것이다.

이 결과 입양인 출신 문화부 장관과 상·하의원들도 탄생 했다.

프랑스에 한국 입양이 늘면서 1995년 2월 입양인 모임 이 결성되고 한국의 뿌리협회가 설립됐다.

제5장

재불 성공자산의
모국 공헌

## 맨손 입성 후 입지,
## 출세 성공 기반

박 회장의 재불 한인회장 두 임기 2년은 후회 없을 만큼 열정과 소신을 다 바쳤다고 자부할 만했다.

현지 교민과 유학생들의 정착을 위해 최선을 다했을 뿐만 아니라 모국을 향한 교민사회의 애국 충정도 최대한 발휘했기 때문이다.

그렇지만 뜻밖에도 불쾌하고 고통스런 후유증에 시달리기도 했다.

교민이나 유학생들의 정착을 위한 법적, 제도적 애로 사항을 지원하기 위한 체류허가 신청과 등록, 주택임대차 알선과 계약 등 많은 시간과 비용이 소요됐다.

이는 박 회장이 파독 광부 3년을 거쳐 빈손으로 파리로

평통 자문위원 시절 통도사에서.

입성하여 다 겪어 본 애로 사안이었다.

박 회장은 이를 잘 알기에 재불 한인회장으로 교민대상 무료 생활불어 강좌를 개설하고, 얼마 뒤에는 무료 법률상담도 실시했던 것이다.

이런 배경하에 교민과 유학생들의 조기정착을 지원하면서 부동산 관련 거래 개인수표를 남발한 것이 한참 뒤에 세무조사에 따른 거액의 추징금으로 통보됐다. 박 회장이 이에 불복하여 행정소송을 제기하여 장장 20년에 걸친 정신적, 사업적 고통을 받아야만 했다.

소송 결과는 7억 원(한화)의 추징금을 2억 원으로 낮춰 승소했지만 신용 훼손이나 사업기회의 손실 등 피해액은 헤아리기 어려운 규모였다.

더구나 지루하고 벅찬 소송이야 변호사들이 맡고 있었지만, 그 사이 부인은 내조 차원으로 '무사 기도'를 하루도 쉬지 않았다고 하니 집안에 쌓인 스트레스 양이 얼마일까 말할 필요도 없다.

비록 승소했지만 이 때문에 기진맥진, 낙심지경이 아니었을까. 그러나 박 회장은 좌절하고 중단할 수는 없었다.

'고립무원'으로 파리에 입성하여 입지(立志) 출세(出世)한 성공 기반이 있지 않는가. 각계에 쌓은 인맥과 신망은 막강한 자산이 아니던가.

고양시 황교선 시장님과 하수종말처리장 사업건으로 방문.

# 신도시 한국기업 투자유치 담당

이 같은 배경 때문이었는지 대규모 국책 프로젝트 성격
인 '마르느 라 발레' 신도시 건설청 쪽에서 "한국기업 투자
유치 담당역을 맡아 달라"는 초청이 왔다.

파리 동쪽 8~40km에 이르는 초대규모 신도시 건설은
국내외 기업투자 유치가 승패를 가름한다고 볼 수 있었다.
이런 측면에서 한·불 경제 관계에서 거의 '마당발'로 통하는
박 회장이 최적격으로 선택된 모양이었다.

실제 그로부터 박 회장은 10년에 걸친 한국기업 투자유
치 성과를 올렸다. 뿐만 아니라 박 회장의 투자유치 성과 소
문이 퍼져나가 파리 인근 4km의 '라데팡스' 신도시마저 한

국기업 투자유치 역할을 맡겨 왔다.

이쯤 되자 재불 한인회장 경륜의 박 회장이 한국과 프랑스, EU 경제권을 연결하는 다양한 중계사로 부상하기에 이른 것이다.

## 투자 유치하며
## 한·불 경제인맥 축적

마르느 라 발레 신도시의 한국기업 투자역을 맡고 보니 홍보용 헬기 5대와 골프장을 활용할 수가 있었다.

박 회장이 이를 배경으로 매년 투자유치 명목의 골프대회를 가졌다. 여기에는 한국기업 투자유치 관련 직간접 영향력을 지닌 재불 한국인들을 헬기편으로 초청할 수 있었다.

주불 한국 대사를 비롯하여 한국문화원장, 신문·방송 특파원, 유력 주재기업 대표 등 50~60여명을 필드로 모셨으니 흡사 신도시의 '한국의 날' 모습이었다. 주재기업 대표라면 삼성, 현대, LG, 대우그룹 등을 말하니 이 행사를 통해 곧 현지 주재 한국기업 대표들을 몽땅 초청한 셈이다.

이 같은 골프대회를 통해 신도시 투자유치는 물론 프랑스 기업들의 한국진출 중계·촉진 역할까지도 할 수 있는 계기가 된 것이다.

박 회장의 투자유치 활약상이 모국으로 퍼져 나가 공공, 중견기업들마저 주불 한국대사관을 통해 "신도시 투자설명 기회를 소개해 달라"는 요청이 전해 왔다. 한국토지개발공

신도시 마르느라 발레 개발청(에파마르느) 방문 강귀희 회장님과 함께.

사, 대한주택공사 등 공기업과 건설분야 중견그룹 등의 요
청이었다.

이 또한 결과적으로 중요한 비즈니스 인맥 형성의 기회
였다.

결국 마르느 라 발레 신도시 투자유치 사업으로부터 박
회장이 다양하고 폭넓은 경제인맥을 쌓아 한·불 경제의 전
도사 얼굴로 부상시킨 결과를 가져온 것이다.

## 파리 라데팡스
## 신도시도 투자유치

파리 라데팡스 신도시는 마르느 라 발레 신도시에 비하

면 소규모의 알찬 '기업도시형'이었다. 파리 인근 4km 지점
에 위치하여 서울의 여의도 규모가 아닐까 싶은 규모였다.

　이곳엔 40~50층 고층빌딩이 수두룩했지만 프랑스 무역
센터가 입주해 있는 '크니트' 빌딩이 대표적이자 상징적 얼
굴이다. 이곳에는 프랑스 무역센터, 경제단체, 세계 유수기
업들의 본·지사들이 입주하여 글로벌 비즈니스 광장 역할을
할 수 있었다.

　박 회장이 파리 라데팡스 신도시 투자유치 담당을 맡으
면서 파트너사인 싸리사가 이곳 크니트 빌딩에 사무실을 제
공하여 한국인 입주기업 제1호가 됐다. 입주기업 2호는 삼
성전자였다.

파리 라데팡스 끄닛트 사무실 오픈식에서 문신 조각가와 함께.

싸리사는 프랑스 제1의 부동산·투자회사로 이곳 신도시 부동산개발에 관한 가장 큰 영향력을 행사하고 있었다. 박 회장은 프랑스인 친구와 동업으로 부동산 투자회사인 BEDICO 인터내셔널을 설립하여 이곳에 입주한 것이다.

이곳엔 한국 진출에 관심이 많은 수처리, 환경전문 등 프랑스의 대기업들도 고루 입주해 있었다. 이 때문에 신도시 투자유치역을 맡고 있는 박 회장에게 한국경제에 관한 특강 요청이 많았다.

박 회장은 한·불기업 동향을 늘 체크하고 있는 데다 88 올림픽 후원회장으로 서울을 자주 방문하고 KTX사업 추진 동향도 면밀히 관찰하여 한국경제를 잘 설명할 수 있는 특강 강사 지위로 평가되고 있었다.

이곳 파리 라데팡스 신도시에는 일본 미스비시가 '재팬

타워'라는 명칭으로 빌딩을 계약했다.

이에 미스비시 회장과 친분 있는 '사업적 라이벌'인 롯데 그룹 신격호 회장이 "우리도 코리안 타워를 건설해야 하지 않느냐"며 롯데건설 신준호 사장을 보내 현지 답사와 상담을 전개했다.

뒤이어 2차로 롯데건설 임승남 전무를 보내 정밀답사 후 투자협상을 6개월이나 끌었지만 끝내 무산되고 말았다.

그 반면에 롯데쇼핑 신영자 부사장이 파리를 방문하여 파코라반, 포숑, 응가로 엠마뉴엘, 아니에스 베, 이브생 로랑 등 유명 패션 브랜드 한국 판권을 박 회장의 주선으로 계약했다.

이 단계에 이르러 박 회장의 한국경제와 기업 관련 재불 비즈니스가 다양하고 폭넓게 전개되고 있었다는 해석이다.

## TGV 나라에 살며
## KTX 만남 운명

박 회장은 프랑스가 국가적 자존심이라고 내세우는 TGV 의 나라에 살고 있었기에 모국의 KTX 사업과의 만남은 운명적이었다.

박 회장은 모국의 민정당 노태우 후보가 1987년 '6·29 선언' 이후 KTX 건설을 공약으로 내세워 6공화국 대통령으로 당선되면서부터 KTX 사업 동향을 관심 있게 지켜봤다.

당시 글로벌 언론들이 한국의 경부고속철도 차량 선정을

두고 일본 신칸센, 독일의 이체, 프랑스의 TGV가 팽팽하게 경쟁하고 있다고 보도했다.

그러나 박 회장이 거주하고 있는 파리의 분위기는 "프랑스의 국가적 자존심이 걸린 TGV가 승리하지 않겠느냐"는 기대감에 젖어 있었다.

이때 박 회장이 노태우 정부의 KTX 건설본부(서울역 앞 대우빌딩 입주)로부터 교량방수 관련 특강 요청을 받았다. 당시 한국건설업계의 토목, 건축기술은 급성장했다고 했지만 교량 방수에 관해서는 별 인식이 없었던 시기였다.

"교량이란 철근 콘크리트 구조인데 무슨 방수가 필요할까"라고 가볍게 여긴 모양이다.

이에 박 회장이 교량방수 전문업체를 통해 듣고 본 지식으로 "시속 300km의 고속철도가 달리는 교량 방수는 콘크

심양 시장님과 함께.

리트 최고 강도를 필요로 하기 때문에 방수가 필수"라고 자세히 설명했다고 한다.

그 후 1989년 천안-대전 구간 토목공사가 시작되자 프랑스의 교량전문 시플라스트(SIPLAST)사가 박 회장을 한국 지사장으로 발령했다.

시플라스트사는 TGV의 토목공사 납품실적 97%를 기록한 최고 명성의 교량 방수 전문기업이었다.

박 회장은 시플라스트 한국지사장을 맡아 고속철도 건설본부, 현대, 대우 등 대형 건설회사 등을 상대로 열심히 수주활동을 벌였다.

대체로 박 회장과 낯익고 신뢰관계가 조성된 사이였다. 박 회장이 지사장 3년간 상당한 성과를 기록했으니 귀가해야 할 상황이었다.

이때 프랑스의 환경전문 업체인 비벤디(VIVENDI)사(현재는 VEOLIA) 본사에서 곧 한국에 지사를 개설할 계획이니 협력해 달라고 요청하여 잠시 주저앉을 수밖에 없었다.

비벤디사의 당면 비즈니스 프로젝트는 하수종말처리장 입찰이었다. 이에 박 회장이 한국 최대 종합건설사인 현대와 대우와 컨소시엄을 결성해 고양시의 하수종말처리장 두 곳에 응찰했지만 실패하고 말았다. 상대가 두산건설과 태영건설(SBS방송 계열)로 상대적으로 약체라고 생각했지만 결과는 너무 실망이었다.

박 회장이 이제는 짐을 싸서 돌아가야만 한다고 생각했다. 그렇지만 프랑스의 한국행 비즈니스가 그의 중도 귀가를 허용하지 않았다.

## 수처리 세계 1위 데그레몽 '고문역'

박 회장이 두 번째로 귀국 채비를 준비할 때 비벤디사와 환경사업 분야 경쟁관계인 데그레몽(DEGREMONT)사가 한국 진출 관련 '사업고문'을 제의함으로써 장기간 한국에 체류하게 됐다.

데그레몽은 수에즈(SUEZ) 그룹 계열로 수처리 분야 세계 1위를 자부하고 있었다.

당시 이명박 서울시장이 청계천 복원사업에 착수한 시기였다.

수에즈 그룹 총수인 Gerad mestralet 회장은 서울시의 국제자문위 환경분야 위원장을 맡고 있었다.

이 무렵 이명박 시장과 수에즈 그룹 총수가 만났을 때, 서울시가 4대 하수종말처리장의 재건설 사업에 참여할 것을 권유한 것으로 알려졌다.

이에 박 회장은 데그레몽 사업고문 위치에서 현대건설과 제휴로 중랑하수처리장(현재는 중랑물재생센터) 입찰에 참여했지만 탈락했으니 헛고생인 셈이다.

데그레몽의 수처리 기술이 기여한 실적은 이미 많이 축적되고 있었다.

서울시민 20% 상당에게 수돗물을 공급하는 팔당 정수장을 비롯하여 부산 덕산 정수장과 화명 정수장(부산시민 80% 상당 수돗물 공급)이 모두 데그레몽 수처리 기술사업이다. 또 하수종말처리장 부문은 부산의 중앙하수처리장, 동부하수처리장, 경기도의 양주 신천·장흥 하수처리장이 모두 데그레몽 기술사업이었다.

박 회장은 그동안 모국의 환경 관련 사업분야 발전을 지켜본 전문적인 안목으로 세계 최고 데그레몽의 기술도입을 통해 최신기술을 습득·소화함으로써 어느덧 세계 일류로 올라섰노라고 평가한다.

그 사이 데그레몽 기술을 배워 익힌 한국기술이 지금은 세계 물시장에서 데그레몽이나 베올리아 등을 앞서고 있다는 뜻이다.

박 회장은 결과적으로 자신의 프랑스측 사업고문 역할

한국에 보낼 TGV 차량 시승식 전날 라 로쉐 시에서 거행한 파티석상에서
젝 알스톰 회장님과 대담을 나누며.

이 모국의 산업발전에 기여한 보람을 느낀다고 소감을 말
해 준다.

## '철도인'이 들려준
## 숨은 KTX 스토리

　박 회장은 세계 최고속 철도차량 '테제베(TGV)의 나라'
에 살고 있었기에 모국의 KTX 사업 추진 동향에 관해 듣고
관심을 표명할 수 있는 위치였다.

　재불 한인회장을 역임한 교민의 대표성에다 다방면으로
모국의 경제발전과 사업에도 직·간접으로 협력하던 시기였
기 때문이다.

　당초 KTX 사업은 제6공화국 노태우 정부의 대선 공약

으로 제시되어 서둘러 기공식을 올렸지만 김영삼(YS), 김대
중(DJ) 정부를 거치면서 많은 정치적 논란을 겪은 우여곡절
끝에 TGV를 채택하여 훌륭하게 완공했다.

한국의 KTX는 세계 5번째의 고속철도국의 지위였다.
일본이 가장 먼저 1964년 세계 최초로 도쿄-오사카 시속
210km의 신칸센(新幹線)을 개통시켰다. 뒤이어 프랑스 테
제베가 1981년, 독일 이체 1991년, 스페인의 아베 1992년
순으로 개통됐다. 2004년 대한민국의 KTX는 일본보다 무
려 40년 뒤의 개통이었다.

일본은 신칸센 개통으로 1964년 도쿄올림픽의 성공 개
최를 기록했다는 평가가 있었다. 이 때문에 한국의 KTX 추
진 계획도 신칸센 모델 도입이 유력시된다는 관측이었지만
빗나갔다.

1999년 충남 심대평 도지사로부터 국제협력위원 위촉식 기념사진.

반면에 프랑스는 TGV가 세계 최고의 고속철도 기술이라고 자부하며 국가적 자부심을 걸고 한국에 공급해야만 한다는 사명감을 펼쳤다.

이런 몇 가지 상황 때문에 파리에 거주하며 한국을 수시로 내왕하던 박 회장이 KTX와 관련된 남모르는 비하인드 스토리를 듣고 간직했던 것으로 보인다.

KTX 사업이란 서울-부산 간 417.5km를 시속 300km로 달리는 초고속 열차와 선로 구조물, 시설물, 시스템을 건설하는 초대형 국책 프로젝트이다.

그 규모 때문에 '단군 이래 최대 역사'라고 불리면서 거의 20여년의 세월 속에 총사업비 20조 7282억 원이 투입된 기록을 세웠다.

## 전형적 '철도인' 신종서 회장이 들려준 비화

박 회장이 전해준 KTX 메모록에 따르면 한국의 고속철도 건설 논의는 1970년도 박정희 대통령 때 경부고속도로의 물류 소통 한계를 극복하기 위한 차원에서 나왔다는 요지다.

박 회장은 당시 철도청 시설국 건설과 노선담당 신종서 (申鐘瑞) 씨로부터 비화들을 들었다고 한다. 신 씨는 뒤에 건설공단 본부장을 거쳐 한국철도기술공사(KRTC) 회장을 역임한 분이다.

1999년 심대평 충남도지사로부터 국제협력위원 위촉장을 받고 있다.

신 씨가 처음 고속철도 논의가 있었던 때는 서울-부산 간이 아니라 서울-대전 간 노선이 검토 대상이었다고 한다.

이는 박정희 대통령의 집념이 담긴 서해안 로켓기지에 근무하는 전문가들이 서울을 쉽게 왕래할 수 있도록 배려하려는 차원이었다는 증언이다. 그러나 이 검토는 오래 못 가 무산되고 말았다.

그 뒤 신 씨가 철도청 시설국 건설과장으로 승진한 1983년 3월 88올림픽이 개최되기 5년 전 시점에 일본과 프랑스 교통전문가에게 서울-부산 간 고속철도 도입에 관한 타당성 조사를 의뢰했지만 이마저 흐지부지되고 말았다.

그러다가 1987년 12월 노태우 민정당 후보가 대선 공약으로 고속철도 건설을 제시함으로써 다시 국민적 관심과 경제적, 기술적 타당성 논란이 제기됐다.

노태우 대통령은 취임 후 88올림픽을 획기적으로 성공한 다음, 1989년 7월 경부고속도로 건설 추진위를 구성하고 기본건설계획마저 발표했다.

이에 따라 철도청과 교통개발연구원을 주관기관으로 지정하자 교통개발연구원이 미국의 루이스 버저(Louis Berger)사에게 기술조사, 기본설계 용역을 맡겼다.

이때 철도청에서는 따로 고속철도건설기획실(후에 고속철도건설기획단)을 설치했다. 신종서 과장은 건설기획담당관을 거쳐 건설국장을 역임한 후 고속철도건설공단 건설본부장 중책을 맡았다.

당시 신 본부장은 "한국교통개발연구원에서 미국 루이스 버저사에게 건설공단 측과 사전협의도 없이 기본설계 용역을 발주한 것이 잘못이었다"고 지적했다.

아마 국내 용역업체에 맡겼다면 어떤 오해나 말썽을 빚을까 우려했는지는 모른다.

하지만 고속철도 건설, 운영 경험도 없는 나라에 맡긴 것은 고속철도 관련 기술자료나 경험도 없는 엉뚱한 곳에 맡겼다는 지적이다.

그렇지만 이미 용역발주가 끝나 취소할 수 없는 단계이니 기술조사, 기본설계를 공단건설 본부와 루이스 버저사가 각각 따로 진행했다가 양쪽 결과물을 비교·조정하기로 결정했다.

작크 시락 파리시장 초청 만찬석상에서 6·25 참전용사 분들과 함께.

## 김종구 이사장,
## '소신대로 하시오' 즉각 격려

건설공단은 과거 서울-대전 구간 검토 자료를 토대로 기본 노선을 그려 나가 부산까지 내려갔다.

이 결과 기존 도로와 고속철도 노선이 교차되는 지점이 400여 개 건너야 하는 하천도 그만큼 많았다.

이는 곧 1km마다 장애물이 하나씩 나타난다는 계산이다.

이에 신 본부장은 안전운행을 위해 선로를 일본처럼 고가(高架) 형태로 건설해야 한다고 주장했다. 반면에 한국의 지형 특성을 잘 모르는 루이스 버저 측은 "고가방식은 비용이 많이 들어가니 평면으로 가는 것이 효율적"이라고 맞섰다.

루이스 버저 측은 자신들의 판단이 옳다는 주장을 관철시키기 위해 언론플레이에 집중하고 정치권의 관심마저 끌어들였다. 이 때문에 신 본부장을 비롯한 건설공단 입장이 난처해졌다. 게다가 한국개발연구원까지 여기에 합세하는 바람에 본부장 자리에서 물러나야 할 만큼 상황이 악화됐다.

신 본부장은 "고속철도란 후대의 안전이 담보돼야 하는 생명선인데 이대로 물러서고 말아야 하느냐"고 고민했다. 그는 옷을 벗을 각오로 건설공단 이사장을 찾아갔다.

이사장은 대통령 경제비서관 출신의 김종구(金鍾球) 씨로 경륜이 풍부한 합리적인 관료 출신으로 알려졌다. 신 본부장이 공단과 루이스 버저 측의 주장 차이를 설명하며 진언했다.

"이사장님, 저에게는 늘 정치적인 압력은 내가 막아줄 테니 실무진은 최선을 다해 후손들에게 누가 되지 않도록 해야 한다고 강조하셨죠. 제가 자리에서 물러나도 좋으니 어느 쪽 주장이 옳은지 판가름할 기회를 주십시오"

이에 김 이사장은 한 치의 망설임도 없이 "다음 세대에 문제가 생겨서는 안 되는 중대사업이니 소신대로 처리하시오"라며 격려해 주더라고 했다.

그 길로 곧장 루이스 버저와 파트너인 국내업체 실무진을 찾아가 담판했다. 그들이 조사한 자료와 공단이 조사한 자료들을 비교 검토해 가며 잘잘못을 하나씩 체크해 나갔다. 그런 다음에 딱 부러진 결론을 통고했다.

전국 무술대회 대회장 추대 연설 모습.

"당신들, 지금부터 내가 하는 말이 틀리면 '틀리다' 맞으면 '맞다'라고 정직하게 답변해 주세요. 그리고 두 달 가량 검토 후 내 판단(공단측)이 옳다고 생각하면 당신네 사장을 설득시키고 루이스 버저 쪽도 설득하여 다시는 이런 억지가 나오지 않도록 해주세요"라고 촉구했다.

만약 그렇지 않으면 "가만히 있지 않겠다"는 경고도 덧붙였다. 이에 그들은 논리적인 근거를 제시하며 문제를 지적하는 말에 수긍할 수밖에 없었다. 자신들의 판단이 잘못이었다고 곧 시인했다.

경부고속철도의 최고 시속은 300km지만 전용선은 350km로 설계됐다. 이 역시 신 본부장의 판단에 따른 것이었다.

세계적으로 시속 500km가 넘는 고속철도가 개발된 지금 시각으로 보면 50km의 여유를 두고 건설한 것이 잘한 선택이지만 시공 당시에는 말들이 많았다.

속도에 비례하는 것이 선로 시스템의 비용이기 때문이다. 신 본부장은 "일제시대 때 건설한 철로가 아직도 이용되고 있다는 사실에 비춰 봐도 철도는 적어도 100년 앞을 내다보고 건설해야 한다는 판단이었다"며 당시 여유를 두고 설계한 것이라고 해명했다.

## KTX 역사 속에 신종서 회장 의지와 사명감

경부고속철도의 종착점인 부산역도 기본설계 당시 루이스 버저 자문역을 국내 설계·감리업체인 유신코퍼레이션이 맡았다.

유신의 전긍렬(全兢烈) 회장은 "평지에 익숙한 미국 루이스 버저와 산악지대에 익숙한 우리의 기본 컨셉트가 달라 마찰이 많았다"고 회고한다.

유신은 기본설계 후 제13·14공구의 실시 설계도 맡았다. 그런 전 회장이 뜻밖에도 "경부고속철도는 실패했다"고 주장했다.

무슨 뜻일까.

"1980년대 철도청이 서울-대전 간 고속철도 노선안을 검토할 때 일본의 신칸센 건설 당시 기사장(技師長)을 지낸 다키야마 마모루 박사를 초청, 고속철도 건설 경험담을 들

경부고속철도 토목공사 교량방수 필요성 설명회를 프랑스 쉬트방수생산업체 Siplast(프랑스 TGV 노선 97 % 납품업체)사 베르나 헤랄 이사님과 함께.

은 적이 있습니다. 그 분은 신칸센 건설과 운영 경험을 바탕으로 두 가지 당부사항을 강조했습니다. 그 중 하나가 중간역의 수는 많을수록 유리하다는 것이지만 다른 하나는 용산역과 서울역은 하나로 통합했어야 했다"는 지적이었다.

정부는 1996년 3월 박규광 고속철도건설공단 이사장 후임에 김한종 전 ㈜한양 법정관리인을 내정했다고 발표했다. 김 이사장은 1988년 건설부 차관, 1989년 대한주택공사 사장을 역임한 후 ㈜한양 법정관리인을 맡았었다.

김한종 이사장 때 토목공사 부실공사 원인을 분석한다면서 2년간이나 공사를 중단함으로써 하루 7억 원씩 손실이 발생한 어처구니없는 시행착오를 겪었다. 그렇지만 끝내 정치적·사회적 논쟁과 갈등을 극복하고 당초 계획대로 우리기술로 KTX를 완공해 쾌속 주행하게 됐다.

경부고속철도 토목공사 교량방수 필요성 설명회에서.

박광근 회장은 이 같은 KTX 건설 성공역사 속에 신종
서 건설본부장의 굳은 의지와 사명감이 녹아 스며들었노라
고 평가한다.

## KTX··· 노태우 공약 논란,
## 정치적 파란

경부고속철도 사업(KTX)은 제6공화국 노태우 대통령의
대선 공약으로 정치적 논란과 비판, 견제가 많았다. 그러나
숱한 곡절에도 불구하고 KTX는 훌륭하게 건설되어 지금도
운행되고 있다.

KTX는 '단군 이래 최대 규모'의 민족적 대역사(大役事)
로 불려 경제성 논란에다 특정 업종, 특정 대기업 특혜설이

제기될 수 있었다.

정치적으로는 "박정희의 경부고속도로에 이어 또 다시 노태우의 경부고속철도냐"라는 비판적 시각이 있었다. 또한 근거 없는 정치자금 연계설도 제기되었다.

김영삼(YS), 김대중(DJ) 등 야당권의 고정 비판이야 말할 것도 없지만 YS는 3당 합당으로 집권당 대표가 됐을 때도 반대와 거부로 일관했다.

차기 대권경쟁 구도와 관련 노태우 주도형 KTX를 견제하려는 차원이었다고 볼 수 있다.

그렇지만 노 대통령은 "KTX가 대선 공약으로 국민적 심판을 받았기에 자신이 오너이자 주인"이라는 의식을 끝까지 견지했다.

노 대통령에게는 그만한 자신감과 배경이 있었다.

노 대통령은 1987년 '6·29선언'으로 전두환 전 대통령을 '밟고 딛고 올라선 민정당 후보'로 대통령에 당선됐다. 실제로는 1987년 12월 대선은 YS와 DJ가 분열하여 노 후보가 어부지리로 당선될 수 있었다는 해석이 많았다.

노 대통령은 취임하면서 전임자의 강성 이미지를 벗겠다는 차원에서 '보통사람들의 시대'를 선언하여 순조로운 출발을 개시했다.

'88서울올림픽'의 획기적 성공이 노태우 이름으로 세계에 과시됐다. 국토 분단에다 최빈국 약소 대한민국이 올림픽을 유치하고 중국과 소련 등이 참가하는 동서화합의 평화축제를 화려하게 연출했으니 얼마나 자랑스러운가.

프랑스 대사관에서 가진 프랑스 학명 기념식.

88올림픽 성공 이후 국회는 여야 합의로 말썽 많은 5공
비리 청문회를 갖고 이로부터 노태우 정부는 새 출발할 수
있다고 생각했지만 그렇지 못했다. '여소야대' 국회로 정국
불안은 걷잡을 수가 없었다.

이에 1990년 1월, 극적인 3당 합당으로 정국을 쇄신하
겠다고 선언했다. 민정당(박태준 대표), 통일민주당(김영삼 총
재), 신민주공화당(김종필 총재)이 내각제 개헌 이면합의를
고리로 합당한 것이다.

노태우 정권은 당초 영호남 동서화합으로 DJ와 합당을
추진했으나 실패하자 YS와 손을 잡은 것으로 알려졌다.

노 대통령은 3당 합당 후 프랑스를 국빈 방문했으니 정치
적 민감사안인 정치적 쟁점을 떠올린 격이었다. 시중의 평
범한 시각으로 봐도 "대통령이 TGV를 타러 가는 길 아닐까"
싶은 관측이었다.

# 노태우 방문 시
# 미테랑 TGV 시승 강력 권고

이 무렵 KTX 고속철도 차량 선정을 앞두고 일본 신칸센, 독일 이체, 프랑스 TGV 3국의 정상급 로비가 팽팽한 상황이었다.

그러다가 일본의 신칸센은 세계 최초의 개발로 운행 연륜이 오래이고 기술축적 양이 많아 가장 유력할 것으로 봤지만 "한·일관계의 특수성 등으로 밀려날 수밖에 없다"는 소문이었다.

그렇다면 "구라파 차종밖에 없는데 노 대통령이 프랑스를 국빈 방문한다면 결론이 뻔한 것 아니냐"는 예측이었다.

당시 파리 특파원들은 유력인사들을 만날 때마다 "한국이 TGV를 사줄 것이냐"는 질문을 받았노라고 전해 왔다.

또한 프랑스 정부 차원에서 외국투자유치 순회대사 명함으로 한국 특파원들을 만나고 한국을 가장 먼저 방문하기도 했다는 소식이다.

바로 이런 시점에서 노 대통령의 방불은 정치, 외교적으로 오해를 가져오게 될 것이 뻔했다.

더구나 행여 노 대통령이 파리에서 TGV를 승차하는 모습을 보인다면 끝장 아닌가.

이 때문에 당시 청와대는 미리 노 대통령이 "어떤 경우에도 TGV에 승차하는 일이 없다"고 단언했었다.

그러나 막상 파리에 도착하자마자 미테랑 대통령이 TGV

시승을 노 대통령에게 간곡히 권고했다고 한다. 이에 청와대
는 미테랑의 권고가 워낙 강력하여 끝까지 사양하지 못하여
시승할 수밖에 없었다고 해명했다.

그렇지만 솔직히 "국가원수의 국빈 방문 외교에 있었던
일이라지만 미리 예정된 수순 같고 억지 해명 같다"는 소감
을 숨길 수 없는 지경이었다.

## '누가 뭐래도' KTX 공약정책은 '내 소유권'

프랑스 방문 이후 노태우 대통령은 1991년 청와대에 대
규모 SOC 투자기획단을 설치하고 KTX 공약추진을 서둘렀
다. 당시 경제수석비서관이 김종인 전 국민의힘 비대위원장
으로 이를 적극 뒷받침했다.

투자기획단이 쥐고 있던 SOC 프로젝트는 KTX뿐만 아
니라 서해안고속도로, 인천국제공항, 제2이동통신 등 막중
했다.

서해안고속도로는 노태우 후보가 선언한 '서해안 시대'
의 실천 프로젝트로 정치적 쟁점은 없었다. 경부고속도로의
물류 수송 능력이 한계를 맞아 서해안고속도로 건설로 균형
과 평형을 이룬다는 긍정 평가가 있었다.

인천국제공항은 바다 매립과 연약 지반, 지리상 잦은 안
개, 태풍 길목 등 숱한 입지적 장애 논란에도 불구하고 세
계적 최신예 동북아 신 관문 공항으로 훌륭하게 건설됐다.

대한주택공사 권영각 사장님과 을지로개발사업 오픈식에서.

　제2의 이동통신 실수요자 선정은 당시 송언종 체신부
장관, 최각규 경제부총리가 "공정, 엄정한 심사절차에 의
해 SK가 압도적 점수로 선정됐다"고 발표했지만 정치적으
로 거부됐다.

　SK 최종현(崔鍾賢) 회장의 장남 최태원과 노 대통령의
장녀 노소영이 미국 유학서 만나 결혼했으니 사돈지간이다.

　이에 "대형 이권사업을 대통령의 사돈기업에게 주는 법
이 어디 있느냐"는 파장이 일어나니 SK가 자진반납 형식으
로 포기한 후유증을 남겼다.

　노 대통령의 대선 공약인 KTX사업 또한 말썽투성이였
다. 서울-부산 간 노선의 직선, 곡선 논란에다 지역마다 역
사(驛舍)의 위치, 역사명칭 논란이 극심했다.

　또한 주요 도시 통과노선의 지상과 지하화 논란도 정치

적 쟁점이었다.

여기에 KTX의 차량모델 선정은 정치, 외교적 쟁점이 될 수 있는 최고의 고난도 사안이었다. 그렇지만 이미 노 대통령은 임기 말로 접근하여 시간이 촉박한 가운데 토목공사 중심의 기공식을 올렸다.

대선 공약을 이행하는 차원이라 주장했지만 3당 합당 대표를 맡고 있던 YS마저 공개 반대했다. YS는 차기 대선 후보를 겨냥하고 있으면서 KTX를 자신의 대선 프로젝트로 꼽고 있었던 것이다.

그런데도 노 대통령은 "정권 말기라고 중요한 국책사업을 중단할 수는 없다"는 논리로 기공식을 올린 것이다. 누가 뭐라 해도 KTX 공약에 따른 정책은 '나의 소유권'이라는 논리였다. 이로부터 YS와의 격돌이 퇴임 후까지 지속되고 말았다.

## YS, 노태우가
## 졸속·주먹구구 착공 비난

YS에게 3당 합당은 '호랑이를 잡기 위해 호랑이 굴을 찾아간 격'이었다. '내각제 합의'를 고리로 합당한 직후 이를 파기하면서 민정계와 민주공화당계를 누르고 대선 후보를 쟁취했다. 이어 1992년 12월 대선에서 승리, '문민정부'를 선언하고 전두환·노태우의 군사정부와 차별화의 길로 나섰다.

제일 먼저 YS의 거부를 무릅쓰고 기공식을 가진 KTX 사업부터 손을 보기 시작했다. 졸속 추진, 부실시공을 명분으로 공사 중단을 시도했다.

교통부 장관과 고속철도건설공단 이사장 등을 청와대로 불러 놓고 KTX 관련 어떤 부정도 '용서 없다', '감옥 간다'고 경고했다.

이어 이경식 경제부총리를 불러 "노태우가 건설비용을 5.8조 원으로 산정한 것은 엉터리다. 실제는 최소 12조 원이 소요된다더라. 임기 말에 서둘러 기공하기 위해 주먹구구식으로 비용을 축소 발표한 것 아니냐"며 공사 중단 검토를 지시하기도 했다.

그 뒤 공사 중단, 재개 끝에 1993년 8월 프랑스 알스톰사의 TGV를 '우선 대상 협상 차량'으로 선정 발표했다. 그로부터 바로 다음달 9월 14일, 미테랑 프랑스 대통령이 국빈 방한했다.

KTX 차량의 최종 선정 절차를 눈앞에 둔 시점이었다. 이 때문에 '반 노태우' YS가 결국 TGV에 올라타는 모양으로 비쳤다.

당시 미테랑 대통령은 77세의 고령에다 반건강 혈색이었다. 무려 14시간의 장시간 비행이 무리가 아닐까 싶었지만 "TGV 외교차 방한하지 않았겠느냐"는 관측이 뒤따랐던 것이다.

실제로 YS의 회고록 가운데 미테랑 방한 환영 대목에 따르면 미테랑 대통령은 첫날 청와대 방문 때 구토증세를 보였

김호일 대한노인회 회장과 함께.

다. 기념촬영 시에는 시종무관이 적극 부축했지만 끝내 카펫
에 토하여 잠시 민망한 장면을 보였다.

## 미테랑, '약탈' 반환 시 루브르는 '빈 껍데기'

　미테랑의 국빈 방한에 앞서 YS는 외교채널을 통해 병인
양요(1866년) 때 약탈해 간 외규장각 도서 297건의 반환을
강력 요청했다.
　프랑스 국립도서관에 소장되어 있는 우리 문화재 목록을
작성·제시하며 반환 도서명을 나열했다.

파리 퐁마리 옆 한국전 참전 기념 광장 명명식 장면. 참전용사협회 코크본 장군(회장)과 윤석헌 대사.

 이 때문에 미테랑의 국빈 방한은 "이들 도서 반환에 합의하고 TGV 차량 선정에 앞서 반환절차를 갖게 될 것이 아닐까"하는 추측이 따랐다.

 그러나 미테랑 대통령은 솔직하면서 황당한 논리로 반환 불가 입장을 밝혔다.

 "루브르 박물관에는 나폴레옹 시대에 가져온 외국 문화재가 가득합니다. 강화도에서 가져온 외규장각 도서도 한국 입장에서 보면 분명 '약탈'일 것입니다. 그러나 이들 외국 문화재들을 반환하게 되면 루브르에는 껍데기만 남을 것입니다"라고 실토함으로써 좌중을 한바탕 웃겼다.

 이어 "프랑스 국립도서관장은 대통령이 명령해도 '도서 반환은 안 됩니다'라고 말하는 '훌륭한 사람'"이라는 말로 외교상 난처한 상황을 유머로 덮고자 했다.

미테랑 대통령은 다음날 9월 15일 다시 청와대를 방문하여 "전날 회담에서 약속한 도서 가운데 상징적으로 2권을 반환합니다"라며 비단에 싼 책을 YS에게 넘겼다. 이어 기념 촬영을 하고 언론에도 이를 발표했다.

이 도서는 외규장각 도서가 아니라 순조대왕의 생모 박씨의 장례와 묘소 조성 관련 글과 그림으로 된 '휘경원 원소도감 의궤' 상권이었다. 휘경원은 서울 동대문구 휘경동에 있는 박씨의 묘원이다.

그나마 이 도서 2권을 들고 온 프랑스 국립도서관 여직원 2명은 즉석에서 울음을 터뜨려 난처한 장면을 연출했다. "책을 가져 와서 보여만 주고 다시 가져갈 것으로 믿었는데 그냥 두고 간다니 도무지 믿을 수 없다"고 했다.

그녀들은 본국 귀국 후 끝내 사표를 제출함으로써 책을 꺼내온 '불충'에 대한 인책사임이었다는 뒷소식이다.

제6장

'세계 한민족'
'한상인'의 얼굴 부상

## 한민족 대표자,
## 한상총연 창립 멤버

박 회장이 재불 한인회장을 거쳐 모국 경제와의 협력관계를 확대함으로써 자연스럽게 프랑스에 거주하는 한인사회의 얼굴로 각인됐다.

이로부터 다시 '세계 한민족', '세계 한인상공인' 프랑스 대표로 더욱 크게 부각될 수 있었다.

1988 서울올림픽 유치와 세계가 깜짝 놀랄 수준의 올림픽 성공 개최가 발판이었다. 올림픽 성공으로 곧 '세계의 한민족'이 부각되고 '한인상공인'의 자부심을 내펼쳐 보일 수 있는 기회였다. 바로 한류(韓流)가 글로벌 사회로 확산되기에 이르렀기 때문이다.

세계한인상공인 서울대회 때 이명박 서울시장 초청 만찬행사.

제4회 해외한민족대표자회의에 참가해서.

　88올림픽 개막에 앞서 '세계 한민족 대표자 협의회'가 결
성됐다. 창립 회장은 박병헌 재일 거류민단 단장이 맡았다.
박광근 회장은 프랑스 한인을 대표하는 창립 멤버로 참여하
여 회장단의 일원으로 활약했다.

　제1회 대회는 도쿄에서 박병헌 회장 주재로 진행되어 각
국 거주 한민족 대표자들을 결속시킬 수 있었다. 제2차 대회
는 1989년 미국 워싱턴에서 열려 미주지역 대표자들이 다
수 참석했다.

　워싱턴 대회에서 미주 대표들이 "왜 우리가 재일 거류민
단이 주도한 대회에 들러리역만 해야 하느냐"는 주장을 제
기하여 뒤에 세계 한인상공인 총연합회가 탄생한 것이다.

　한민족 대표자 제3차 회의인 1990년 파리 총회는 박광
근 프랑스 대표가 대회장을 맡았다. 파리 총회는 도쿄대회
때 재일 대표들이 "파리 구경 좀 하자"고 제의하여 박병헌

상공인의 날 행사에서 상공부장관 표창장 수여.

회장 등 50여명이 참석했다.

　여기에 유럽 각국 대표들이 속속 참가하고 프랑스 주재 한국대사관, 신문, 방송 특파원 등을 합쳐 300여명이 참석한 대규모 행사로 치렀다.

이 파리 총회를 계기로 프랑스 한인사회와 세계 각국 대표 간 우호 협력증진은 물론 모국의 경제·사회와의 폭넓은 협력 기회를 다진 기회가 됐다.

그 뒤 세계 한인상공인 총연합회가 1993년 창립할 때도 박 회장은 창립 멤버에다 프랑스 대표, 부회장을 맡아 회장단의 일원으로 활동했다.

총연합회는 설립 이사장으로 정치 경륜이 쌓인 김덕룡(金德龍) 전 의원을 추대했다. 당시 김영삼 문민정권 하에 YS 비서실장 출신이 상당한 영향력을 행사할 수 있다는 관측이었다.

이어 초대 회장은 현대건설 회장 경력이 돋보인 이명박(李明博) 전 의원을 선출했다. 또 조직의 활성화를 위해 능력 있는 사무총장이 필요하다는 주장 아래 이명박 회장과 친밀한 양창영 씨를 발탁했다. 양 총장은 연대 정외과 출신으로

한국 보이스카웃 파리 한국 대사관 방문 기념.

해외이주 근무를 통해 한인 상공인들의 글로벌 활약과 인연이 깊었다.

그러나 초대 이명박 회장은 오래지 않아 서울시장 출마를 이유로 회장직을 사퇴하여 그 후임으로 재일교포 기업가로 이름난 마루한그룹의 한창우(韓昌祐) 회장을 추대했다. 한 회장이 세계 한상인 조직을 활성화시키고 교류 협력을 촉진시켜 왔다는 평가다.

아울러 박광근 회장의 경우 세계 한민족 대표자 협의회와 세계 한인상공회 총연합회 활동에 적극 참여함으로써 프랑스 한인사회를 훨씬 뛰어넘어 일본과 미주까지 한민족, 한상공인의 얼굴로 부상하게 됐다는 평가다.

## '한상의 얼굴' 한창우 회장 '각별' 관계

박 회장은 세계한인상공인 연합회 활동을 통해 재일교포 기업인 한창우(韓昌祐) 회장을 만나 신뢰하고 존경하는 관계가 됐노라고 소개한다.

박 회장은 1993년 한상연(韓商聯) 창립 멤버로서 참여하여 연합회 부회장, 프랑스 대표 등으로 활약했다.

지난 2016년 3월 필자가 박 회장을 서울에서 만났을 때 한창우 회장의 기업가 정신과 모국발전 공헌을 담은 회고록을 전해 주었다. 이를 토대로 『경제풍월』 2016년 4월호에 '밀항 소년이 50조 원 사업가로', '한상(韓商)의 얼굴', '한창

세계한인상공회 서울대회 때.

우 한상드림 아일랜드 회장' 스토리라고 보도했다.

박 회장은 그 뒤 지난 2017년 한 회장이 창업한 기업 '마루한그룹' 창업 50주년 기념행사에 초청받아 도쿄를 방문하여 극진한 대우를 받았다고 들려 줬다.

당시 초청 귀빈이 무려 1만 명에 달하는 어마어마한 규모에 도쿄 심포니 오케스트라 특별무대에 세계 톱 가수 등을 초청한 초호화 이벤트로 진행했다.

창업 50주년 행사에 소요된 2박3일간의 비용만도 한화 300억대로 세계적 진기록으로 기네스북에 등재됐다는 후문이다.

박 회장은 그 뒤 2013년에는 한창우 회장의 출생 고향인 경남 사천시의 '정도 600주년' 기념식에 초청받아 '평화의 종' 종각 건립 완공 기념 타종식에도 참석하여 깊은 감명을

해외평통 국무총리실 접견.

받았다고 회고한다. 또한 사천시와 삼천포시도 두루 방문할
기회도 가졌다고 한다.

## 세계 한상연은
## 코리언 네트워크

    세계 한인상공인 총연합회는 1993년 설립 이래 '세계
한상대회'와 '세계 한상지도자 대회'를 통해 750만 해외동
포 사회와 조국 대한민국을 연결하는 코리언 네트워크 역할
을 해왔다.
    총연 조직은 세계 68개국, 246개 한인상공인 단체와 경
제인들로 구성되어 한창우 회장과 수석 부회장단, 각국 대
표 부회장단으로 활약했다.

2015년 제36차 세계 한상지도자 대회는 정기총회 후 모국투자 설명회를 갖고 세계한상드림 '아일랜드' 투자유치, 모국 청년실업 해소를 위한 해외 인턴·취업 촉진을 결의했다.

　　드림 아일랜드는 한창우 회장이 대표를 맡아 인천 영종도 항만매립 부지에 국제종합관광 레저 허브를 개발하겠다는 의욕적인 프로젝트다. 사업 규모는 총투자 2조 400억 원. 일자리 창출 1만 8천명, 경제적 파급효과 27조 원으로 계획됐다. 그러나 국내외 여건 변동으로 투자자 모집이 부진을 면치 못했다.

　　당초 이 사업은 2012년 초 한상연이 국토부에 투자 의향서를 제출하고 ㈜세계한상드림아일랜드 설립, 외국인 투자기업 등록을 거쳐 국토부에 사업 제안서를 제출했다. 이어 2014년 2월에는 '해수부'가 경제장관 회의에 드림아일

재외 상공인 상공부장관 표창장 수여식.

박광근 회장 회고록 / 독일에서 파리까지

랜드 개발계획 보고를 통해 2020년까지 호텔, 쇼핑몰, 리조트, 골프장, 컨벤션센터 등 글로벌 비즈니스 네트워크의 핵심 공간으로 조성할 계획이라고 발표했다.

그렇지만 끝내 투자자 유치가 난제로 남아 부진을 면치 못해 안타까운 실정이라고 말한다.

## 파친코, 볼링 등 둥글둥글 '마루한'

박 회장과 각별한 관계인 한창우 회장은 1931년 망국시절 식민지 백성으로 태어나 8·15 해방공간에 일본으로 밀항하여 파친코 사업으로 성공하여 한상(韓商) 지도자가 되고 모국 투자에도 열정을 쏟고 있는 것이다.

한 회장의 레저산업 성공기는 2013년 서울문화사에 의해 『16세 표류난민에서 30조 기업가로』라는 제목의 자서전으로 발표됐지만 그 뒤 사업규모는 50조 원을 돌파했었다.

자서전에 따르면 한 회장은 일본 밀항 후 1953년 호세대학을 졸업하고 파친코점에 임시직으로 들어갔다가 이를 인수 경영하다가 1972년 볼링산업, 1999년 ㈜마루한그룹으로 발전했다. 상호 마루한은 둥글다는 마루에 한 회장의 성씨를 조합한 것이다.

사업 종목인 파친코 구슬이 둥글고 볼링공도 둥글다. 여기에다 인간관계도 모나지 않고 둥글둥글해야 한다는 한 회장의 성품이 첨부된 것이다.

215

대회장 추대 연설 모습.

한 회장은 사업성공 후 주변과 지역사회에 공헌하고 글로벌 경영으로 국제사회에도 공헌하면서 재일 한국상공회의소 회장, 세계한상총연 회장으로 모국 발전에도 기여하고 있다.

지금껏 한국 정부로부터 체육훈장 청룡장, 국민훈장 무궁화장을 받고 KBS의 해외 동포상도 수상했다. 또 경남대 명예 경제학 박사, 동아대 명예 법학박사, 부산대 명예 경영학 박사, 서울여자대 명예 문학박사 등을 받았다.

## YS 방일 시 궁중만찬 참석, 일왕과 악수

한 회장은 1992년 대선 정국에서 민자당 김영삼(YS) 대통령 후보 진영으로부터 일본 특보, 후원회장 요청을 받고 수락했다.

그해 12월 대선에서 YS가 대통령에 당선되고 한 회장은 재일 한국인 상공연합회 제5대 회장으로 선출됐다. 한 회장이 취임한 후 이를 '재일 한인상공회'로 개칭했다.

얼마 뒤 YS가 일본을 공식 방문했을 때 궁중 만찬회 때 초대를 받아 일왕(공식명 천황)과 악수할 수 있었으니 영광이라고 기억한다.

당시 천황은 외국인 초대객들과만 악수했다. 이때 한 회장의 부인이 한복을 입고 만찬에 참석한 것이 눈에 띄었다. 참석자 모두가 일본 전통복장이었지만 한복은 YS 부인 손명순 여사, 민단중앙본부 정해룡 단장 부인, 공로명 주일대사 부인, 한 회장 부인 등 4명이었다고 한다.

## 관정 이종환…'기부왕' '큰 구두쇠' 존경 사연

박 회장이 기부왕으로 잘 알려진 관정 이종환 명예회장을 특별히 존경하는 데는 사연이 있었다.

이 명예회장은 아흔여든(1924년생)의 고령이지만 1조 원이 넘는 '관정 이종환 교육재단' 설립 이사장으로 장학생 가운데 곧 노벨상 수상자가 나올 것을 간절히 소망하고 있다.

박 회장이 삼영화학그룹을 창업한 이 명예회장을 처음 만난 것은 YS 정부 때로 마산에 있는 삼영그룹 계열 고려애자의 프랑스 관련 사업이 연결 고리였다.

프랑스 한인회장 시절 해외한민족대표자회의에 참가.

당시 한국전력이 고려애자가 생산한 애자(碍子)가 불량이라며 납품을 거부하여 재고가 쌓여 가고 있었다. 이에 프랑스의 유리애자 '세디베르'로 생산라인을 교체해야 할 긴급 사항이 벌어졌다(기존 고려애자 제품은 도자기로 제조).

이때 고려애자 임직원들이 프랑스를 방문하여 박광근 회장이 불어 통역으로 '세디베르' 생산라인 도입 방안을 논의했다.

검토 끝에 유리애자 생산 2개 라인 견적서를 작성하여 박회장이 마산 고려애자 공장을 방문했을 때 처음으로 이종환회장을 만났다.

그러나 얼마 뒤 한전에서 고려애자 불량 문제가 해소됐다면서 납품을 다시 받게 되어 유리애자로 생산라인을 교체

할 필요가 없어졌다.

다만 그때 잠시 만난 인연으로 몇 년이 지난 뒤에 박 회장은 이종환 회장의 소공동 사무실과 자택을 방문하고 여러 계열사까지 둘러볼 기회를 가졌다.

뿐만 아니라 이 회장의 경남 의령의 본가도 방문하고 삼영그룹 소속인 제주도의 크라운호텔과 골프장도 종종 이용하며 이 회장과 유대를 더욱 굳혔다.

또한 해외여행도 수시로 동행하는 친밀관계로 발전했다. 도쿄를 비롯하여 중국의 북경, 하일라, 만추리, 내몽고, 대련도 함께 여행할 기회가 있었다.

박 회장은 이 회장과 곳곳 해외여행을 같이 하고, 골프 치며 세상만사 이야기를 나눈 과정에 잊을 수 없는 감명과 추억이 많이 쌓여 있노라고 말한다.

## 삼성 이병철 회장과 이웃···
## 부맥마을 태생

관정 이종환 명예회장은 삼성그룹 창업주인 호암 이병철(李秉喆) 회장과 이웃 마을 태생으로 부자운이거나 부맥(富脈)을 타고난 것으로 지적된다.

관정 교육재단이 발간한 이 회장의 경영철학을 담은 말한 정도(正道, 2008년)에 따르면 이종환 청년은 일본 메이지대 경상학과 2학년 때 일제의 학병으로 끌려가 관동군의 '소만'(蘇滿) 국경 경비대 포부대에서 말 관리 직책을 맡았다.

포부대는 포를 이동시킬 때 말을 이용하기 때문에 말 사육 및 건강관리 군기가 매우 엄격했다. 만주벌 혹한에 사람은 배고파도 군마들은 배불리 먹였다고 하니 말관리 병사들이 얼마나 고달팠을까.

일제가 일으킨 전쟁이 패색으로 기울고 있을 때 이종환이 근무하는 부대에 "미군에게 뺏긴 오키나와 탈환전에 참전하라"는 전속명령이 내렸다. 이에 기차 편으로 부산에 도착해 수송선을 기다릴때 다시 원대복귀 명령이 내려 왔다.

전세를 관망하던 소련군이 뒤늦게 대일전에 참전했기 때문이다. 이에 다시 기차를 타고 관동군에 복귀하러 서울 용산역에 이르자 일본이 무조건 항복했다는 소식이었다.

이 회장은 해방조국에서 정미업 등을 해보다가 1958년 삼영화학을 설립하여 16개 계열사를 거느린 중견기업으로 성장했다. 이 과정을 통해 '구두쇠'니 '짜장면 회장'이라는 소문이 많았다. 그러다가 2000년도 '관정 이종환 교육재단' 설립으로부터 국내 최고, 최대의 '기부왕'이라는 사실이 드러났다.

교육재단은 초기 3000억 원 규모로 출발하여 이미 1조 원을 넘어 국내는 물론 세계적으로도 최고 수준 아닐까 싶다는 평가다.

당초 3000억 원 출연 때도 "삼성그룹 이건희 장학재단보다 큰 규모가 과욕 아니냐"는 지적이 있었다.

이 무렵 거액의 장학재단 설립에 부인과 자녀들마저 강력 반대한다는 소문이 퍼졌었다. 그런데도 이 회장은 계속

재단 출연금을 늘려 지금은 1조 원을 넘어서 평생 모은 재산의 95% 이상을 출연한 '기부왕'으로 확고하게 지칭되는 것이다.

## 나의 직계는 재단참여 불가···
## 유언장 공증

관정 이 명예는 『정도(正道)』를 통해 '난 큰 구두쇠'라고 고백했다. 그러면서 "돈을 버는 데는 천사처럼 못했어도 돈 쓰는 데는 천사처럼 하겠다"는 결의를 보여준다.

관정 교육재단이 매년 장학금으로 지급하는 규모가 150억 원에 이른다. 이미 관정 장학생 가운데 석·박사들이 다수 탄생하고 있다. 노벨 수상자 탄생도 머지않은 것으로 기대된다.

곧 백수(百壽)를 눈앞에 둔 관정 이 명예회장은 2020년 11월에 미리 유언장을 작성해 "사후에도 교육재단의 설립 정신을 절대 훼손해서는 안 된다"고 못을 박아 법에 따른 공증절차를 마쳤다.

이어 올해 2021년에 다시 '특별유훈'을 통해 "나의 직계 비속은 교육재단의 임직원을 맡을 수 없다"는 대목을 공증 받았다.

여기에는 기존 장학재단 출연금 외에 남아 있는 집무실, 거주지, 별장, 경남 의령 본가의 재산, 남은 주식, 차명 부동산 등 모두 재단에 증여한다는 뜻을 공증에 담았다.

이와 관련해 관정의 장남 이석준 회장과 일부 법적 다툼이 있는 것으로 알려졌지만, 분명한 본인의 의사를 문서로 표기하고 이를 법적 공증까지 마쳤기에 설립자의 뜻대로 이행되리라는 것은 물어볼 필요가 없다는 생각이다.

## 윤광림 제주은행장에 관한 기억

이종환 회장과 친숙도가 깊어지면서 박 회장이 관정 이종환 교육재단이 운영하는 제주도 5개 업체를 총괄하는 상임고문을 맡아 제주도에 상주했던 시기가 있었다.

당시 제주은행 윤광림(2006~09) 행장이 박 상임고문에게 두 차례나 축하 난을 보내오면서 제주은행과의 금융거래를 간청하던 모습이 퍽 인상적으로 남아 있다고 회고한다.

대체로 은행 문턱이 높아 은행 대출이 하늘의 별따기 만큼이나 어렵다는 시기였다.

이럴 때 지방은행이라지만 은행장이 직접 찾아와 거래를 요청한 것은 뜻밖이었다.

당시 박 회장은 이종환 교육재단이 운영하는 크라운컨트리클럽, 크라운호텔, 하니크라운호텔, 밀라노크라운호텔 파라다이스회관 등 5개 계열사를 총괄하는 상임고문으로 금융은 농협과 거래하고 있었다.

이때 윤 행장이 고객을 찾아와 간청하는 파격적인 영업자세에 긍정적으로 응답하지 않을 수 없었다.

특히 윤 행장이 맨입으로 금융거래만 독촉하는 것이 아니라 골프장 운영 관련 회원 공모에도 적극 도움을 준 사실은 잊을 수 없다.

당시 골프장의 안정 운영에 필요한 1000여명의 주중회원(500만원) 모집이 절실하다는 소식을 듣고, 제주은행 23개 지점장을 동원하여 단 1주일 만에 1천명 회원을 모집할 수 있도록 지원해 주었다.

윤 행장이 결국 비즈니스는 일방통행 아닌 믿음과 신용을 주고받는 거래라는 사실을 재확인시켜 준 셈이라고 박 회장은 회상한다.

영국 런던에서.

박광근 회장 회고록 / 독일에서 파리까지

브리스톨 호텔 양해일 파리패션쇼 행사장에서 아내와 함께.

6·25 참전 경찰유자녀 5남매의 셋째
중단 없는 자립, 자강의 길 질주
맏딸 박미선의 '다능다재'
파리에서 낳은 두 아들 전공분야 재능 발휘
뿌리 깊은 양반 가문의 수난 내력
해방 조국에서 6·25 참전 전사
집안 일으킨 장남의 '영어 출세' 기록
둘째 박창근 3남매 모두 글로벌 인재
넷째 박홍근도 '파리 형님'의 길 그대로 따라
5남매 막내 박경숙도 3남매 다복가정
처제도 「오아시스」에서 신랑 만나 결혼
양해일 디자이너, 세계 무대 선다

# 제7장

## 자립·자강,
## '자수성가'의 얼굴

# 6·25 참전
# 경찰 유자녀 5남매의 셋째

박광근 회장의 자수성가 이야기는 파독 광부로부터 시작하여 프랑스 파리에 정착한 후의 온갖 의지와 용기로 도전, 성취한 기록이다.

그로부터 집안 일가를 다시 세워 결과적으로 부모님께 효도하고 나라에 충성한 '자랑스런 한국인의 얼굴'로 묘사된다.

박 회장은 나라를 잃은 일본 식민지 시절, 1940년 11월 4일 충북 진천군 이월면 사당리 41번가 본적지로 되어 있다. 아버님 박건룡(朴建龍), 어머님 조민남(趙敏南)의 5남매 중 셋째였다.

그러나 실제 태어난 곳은 본적지인 진천군이 아니라 선친이 지서장으로 근무하고 있던 천안군 수신면 경찰지서 사택이다.

그로부터 선친은 경찰관직의 순환 보직에 따라 덕산지서를 비롯하여 대흥, 신양, 오가리지서를 거쳐 신례원지서장 때 6·25 남침전쟁을 만났다.

이에 전투경찰 임무로 후퇴와 전진을 거듭하다가 막바지 인민군 패잔병들과 전투 끝에 안타깝게 전사했다.

당시 전투가 워낙 치열하여 시신마저 수습할 겨를이 없었다. 이 때문에 선친의 유혼은 서울 동작동 국립현충원 충혼탑 아래 위패로만 모셔져 있다. 부친이 전사할 때 박광근은 겨우 초등학교 4학년이었다.

갑자기 가장(家長)을 나라에 바친 집안을 모친이 나서 5남매의 양육을 책임지겠노라고 온갖 험한 일을 마다않고 골몰했다.

오래지 않아 모친마저 도립병원에 잠시 입원했다 별세하니 일시에 부모 잃은 고아 신세로 전락하고 말았다.

다행히 장남과 차남은 미군부대 하우스 보이로 나가고 나머지 3남매는 5촌 당숙을 비롯한 친인척가로 위탁되어 뿔뿔이 흩어졌다.

비록 믿고 의지할 수 있는 친인척이었지만 가사노동이나 농사일을 돕는 중노동이었다.

이렇게 몇 년을 보낸 뒤 박광근은 자립의 길을 찾고자 서울로 올라와 하왕십리의 셋방을 얻어 미래를 향한 진로를 스스로 개척하기 시작했다.

## 중단 없는 자립, 자강의 길 질주

비록 셋방 신세였지만 몸과 마음이 건강하여 용기를 잃지 않고 맨발로 뛸 수 있었다. 거의 고학으로 같은 또래들보다 한참 늦게 중·고교에 편입으로 들어가 졸업한 학력도 쌓았다.

그로부터 더 이상 진학할 형편이 못돼 취업을 생각하여 새문안교회에 갔다가 대한소년단 중앙단 본부 편집부 일을 맡았다. 박광근 인생의 소중한 첫 일터였다.

소년단 편집부 근무 2년여 만에 1962년 12월 군에 입대하여 3년여 의무복무를 마쳤다. 이때 여기저기 일터를 찾고 있다가 파독 광부 모집 공고를 보고 응모하여 어려운 대목

박정희 대통령의 서독 방문은 대한민국 근대화의 초석이 되었다.

제7장. 자립·자강, '자수성가'의 얼굴

이 있었지만 용케 최종 선발 관문을 통과했다.

여기서부터 박광근 생애의 자립(自立)·자강(自强)의 길이 활짝 펼쳐진 것이다.

·1965년, 파독 광부 제7진으로 최종 선발. 출국을 앞두고 전주이씨댁 평택 처녀 이상희(李相喜) 님과 결혼

·1966년 7월 30일, 서독행 광부로 출국

·1969년, 3년 노무예약 종료 후 귀국 대신 프랑스 파리로 진출, 숙주나물 공장 취업

·1971년 11월, 숙주나물 공장장 승진 후 부인 초청, 이산가족 5년 4개월만에 재회, 사진으로만 본 첫딸 박미선 공항서 첫 대면

·1972년, 파리 외곽 자택에서 첫 '가정예배'를 통해 파리 최초의 한인교회 '파리연합교회' 설립

·1973년, 유럽 최초의 한국식당 '오아시스' 개업

·1974년, 파리 한글학교 개교, 이사로 참여

·1982년, 제15대 재불 한인회장

·1983년, 제16대 재불 한인회장

이상은 박광근 회장이 파독 광부로부터 프랑스 진출로 자수성가하기까지 대강의 약사다.

박광근은 여기서부터 파리에서 쌓은 비즈니스 경륜과 다양한 인적교류 자산을 기반으로 모국의 경제, 사회발전에 기여하면서 한·불 간 우호증진 등 국익 신장에 적극 헌신했다.

특히 '한민족 대표자 협의회'와 '세계 한인상공인 연합회' 창립 멤버로 참가하여 프랑스 대표 및 부회장으로 활약

해 왔다.

이는 곧 '재외 한국인'의 대표적 얼굴로 부상했다는 사실이다. 또한 6·25 참전 경찰관의 유자녀로서 선대의 유지를 계승하여 가문을 빛내고 국가발전에도 공헌했다는 평가가 따른다.

박 회장은 지난 2012년 12월 '우리것 보존 범국민 문화진흥협회' 제정 제15회 세종문화상 대상을 수상했다. 바로 파독 광부로 출발하여 '자랑스런 한국인의 성공 표상'이 됐다는 공증의 의미라고 볼 수 있다.

## 맏딸 박미선의 '다능다재'

박광근, 이상희 가(家)의 맏딸 박미선은 서울서 태어나 5년 만에 프랑스 파리에서 아버지를 처음 만났다.

프랑스어를 한마디도 모른 채 유치원에 들어가 말 배우고 명문 중·고를 나와 파리 10대학에서 경제학을 공부하고 , 대학원에서 상법 전공으로 석사가 되어 변호사 자격도 획득했다.

룩셈부르크 기업은행에 근무하다 1994년 증권사 엘리트 사원 장철호를 만나 결혼했다.

부친의 막내 여동생 박경숙 님이 강남 중앙침례교회에 다니며 만난 조덕순 권사의 아들을 소개한 것이다.

신랑 장철호는 서강대를 나와 미국 노스캐롤라이나 대학

으로 유학을 다녀왔다.

박미선 부부는 3남매를 낳아 모두 미국 명문대학으로 보냈다. 장남 장필립이 미 보스턴 대학을 다니고 둘째 장유진도 보스턴대로 진학했지만 군복무를 위해 휴학, 귀국하여 공익근무하고 있다. 딸 장유니스는 미국 조지타운대에 재학 중이다.

박미선은 결혼 후 귀국하여 대원외고 불어 교사로 15년이나 근속했다. 그러다가 자녀들의 미국 유학을 돌봐주기 위해 미 매릴랜드주의 워싱턴시 인근에 거주하고 있다. 남편은 증권사와 은행 근무를 마치고 금융·증권 관련 회사를 설립, 운영하고 있다.

## 파리에서 낳은 두 아들
## 전공 분야 재능 발휘

파리에서 출생한 장남 박철호(1972년생)는 라신고를 나와 파리 호텔학교, 에브리대학원 석사로 군에 입대하여 알랑 리샤 프랑스 국방장관 비서로 근무했다.

그는 국방장관의 추천으로 파리 메리욧트 호텔에 입사,

서울 하야트호텔에서 열린 프랑스대사관 주최 송년 파티 갈라쇼의 양해일 패션쇼에서.

고속 승진으로 재능을 발휘했다.

리셉션 지배인으로 모나코 힐튼을 비롯하여 발토랑스 호텔, 보라보라 호텔, 모로코 카사블랑카 카지노 호텔 직원 등 1200여명을 교육 훈련시켰다. 이어 캄보디아 네슬레 지사장 2년 반을 거쳐 지금은 프랑스 식품회사의 임원으로 근무한다.

둘째 박민호(1983년생)는 드링시 고교, 파리대학·대학원에서 회계학을 전공하여 글로벌 물류회사인 미국 페덱스사의 프랑스 지부 중간 간부로 근무한다.

맨손으로 독일 광부로 출국한 지 55년 세월 동안 박 회장은 이들 3남매를 훌륭한 글로벌 인재로 양육했다고 자부할 수 있다.

# 뿌리 깊은 양반 가문의
# 수난 내력

박광근 회장댁 가문 이야기는 밀양 박씨 양반 집안으로 설명된다. 윗대로 올라가면 우국충정의 혈통 뿌리로서 바로 선친이 겪은 수난의 내력으로 닿는다.

선친 박건룡(朴建龍, 1910년생) 님은 충북 진천군 이월면 사당리 41번지 태생의 빈농 외아들로 태어났다. 그러나 겨우 4살 때 조부님(박광근의 증조부)이 별세했다.

당시 세상을 바꾸겠다고 일어난 동학란 의병(義兵)에 참가했다가 객사(客死)했으니 산소로 모실 기회도 없었다.

이 같은 연고로 조부님(박춘화 할아버지)마저 일찍 세상을 떠나 집안은 순식간에 풍비박산 지경에 이르렀다.

이에 조모님이 가장(家長) 격으로 집안을 어렵게 이끌면서 아들 하나(박건룡)를 귀중하게 소학교에 보내 "공부 잘한다"는 소문이 나돌았다.

그러나 중학교에 진학할 형편이 될 수 없었다. 이때 일본인 교사들이 "인재가 아깝다"면서 청주상고로 진학을 도와줬다. 그 뒤 청주상고 졸업 때는 다시 교사들이 나서 일본 유학을 주선해 줬다.

이 같은 행운으로 일본 유학은 농과대학으로 진학해 농업경제학을 전공했지만 2학년 때에 맹장염 수술을 두 번이나 했다. 당시 의료기술이 맹장염 수술마저 실패하던 시절이었다.

이 때문에 더 이상 공부를 못하고 귀국하여 집안의 농사일에 종사했다. 그러다가 향리에 있는 이월소학교 교사직을 맡았다가 다시 순사시험이 있다기에 응시하여 합격하고 보니 경찰관직이었다.

경찰관이 되어 1939년 천안군 수신면 경찰지서장일 때 3남 박광근을 낳았다. 그리고 1945년 천안경찰서에 근무하면서 8·15를 맞아 대한민국 '국민의 경찰'로 변신한 것이다.

## 해방 조국에서 6·25 참전 전사

해방 조국에서는 예산군 덕산지서장을 비롯하여 대흥, 신양, 오가 지서장을 거쳐 신례원 지서장일 때 6·25 전쟁을 만났다.

이에 치안경찰이 전투경찰로 참전했다가 전사함으로써 국가유공자 유자녀들을 남겨 두고 떠난 것이다.

선친은 소학교 교사 시절에 부인 조민남(趙敏南) 여사를 만나 결혼하여 7남매를 낳았다가 도중에 둘을 잃고 5남매를 이 세상에 남겼다.

장남 박순근(朴淳根) 1935년생

차남 박창근(朴昌根) 1938년생

삼남 박광근(朴光根) 1940년생

사남 박홍근(朴弘根) 1943년생

막내 박경숙(朴瓊淑) 1947년생

2009년 디자인 브랜드상 시상식에서 외손녀딸과 함께.

이들 유자녀 5남매가 경찰지서 사택에서 살다가 나와 이웃집의 도움으로 어느 행랑채에서 겨우 연명하는 신세가 됐다.

이때 홀로 된 모친이 봇짐장사 등으로 고생하다가 1954년 12월 말 홍성 도립병원에 입원했다가 별세하여 일시에 고아 신세가 되고 말았다.

다행히 장남(박순근)과 차남(박창근)이 최전방 미군부대 하우스 보이로 나가고 남은 3남매는 경기도 안성에 있는 5촌 당숙댁으로 분산 위탁되니 뿔뿔이 흩어진 '이산가족'이었다.

그로부터 얼마큼 지나 하우스 보이로 나간 장·차남이 서울 용산 미 8군 장교클럽으로 승진하여 오니 다시 5남매가 합류할 수 있었다.

예산 땅을 떠난 지 2년여 만에 서울 하왕십리에 셋방을 얻어 함께 살게 되니 행복을 되찾았다. 이때부터 중단했던 학업도 다시 시작할 수 있었다.

모두가 집안의 새 기둥역을 맡은 장·차남의 덕이었다. 여기에다 좀 더 형편이 좋아지자 아예 답십리에 있던 미군용 독채 집을 구입하여 이사를 할 수 있었다.

이때 박광근이 중·고교를 편입으로 고졸 학력을 쌓을 수 있었고, 이를 기반으로 파독 광부를 지원하고 파리로 진출하여 재불 한인회장까지 역임했으니 결국 부모님 은덕 아래 위의 형님들 덕에 글로벌 '자수성가'를 성취할 수 있었다는 이야기다.

## 집안 일으킨 장남의 '영어 출세' 기록

집안의 장남 박순근은 일찍 영어를 익혀 하우스보이를 하다가 야간대학에 진학하여 미8군 장교클럽 책임자로 진출하여 동생들을 돌보는 학부모 역할까지 맡았다.

이 때문에 군복무도 못하고 결혼하여 퇴직 후 고교 영어교사가 됐지만 5·16 군사혁명 이후 병역 미필자로 교직에서 쫓겨났다. 얼마 뒤 관광통역 안내시험에 합격하여 호텔 지배인이 됐으니 영어로 출세한 길이었다.

인천 올림포스호텔 지배인으로부터 제주 서귀포관광호텔, 서울 조선호텔, 문화관광호텔에 근무하면서 동생들의 취업도 적극 도왔다.

그 뒤 미국으로 이민하여 샌프란시스코에서 일본인 관광 호텔 지배인을 거쳐 여행사도 운영하고 건설업체를 설립 운영하는 사업가로 크게 성공했다.

건설업 진출 후에 노인회 회관 건립, 한인교회 두 곳 개척 등 실적을 올리며 지금도 두 아들과 함께 현역 건설 CEO로 활동하고 있다.

박순근 회장이 8순을 맞은 지난 2014년에는 샌프란시스코의 '큰 박씨' 댁에 5남매 부부 10명이 총집결함으로써 전통 양반가문의 우애와 화목을 과시했다. 당시 인근 한국 교민사회는 물론 미국의 각국 이민사회들도 경이의 눈길을 보였다는 이야기다.

박 회장은 한국과 미국에서 4남매를 낳아 길러냈다.

장녀 박정은은 명문 버클리대서 심리학을 전공한 석사로 생명공학 출신 조 박사와 결혼하여 아들 하나 딸 하나를 두었다. 이어 아들 셋은 버클리와 스탠포드대 등 명문대를 나와 부친을 따라 건설업체서 활약한다.

박씨 가문의 셋째인 박광근 회장은 "아버님, 어머님이 일찍 떠나신 집안에서 큰형님이 대를 이어 가문을 부흥시켰다"고 극구 존경한다.

더불어 "자신에 관한 회고록 성격의 평전(評傳)이 나오더라도 모두가 큰형님들 덕분"이라고 미리 말한다.

동서 양해일 디자이너 부부와 함께.

## 둘째 박창근 3남매
## 모두 글로벌 인재

가문의 둘째 박창근 회장도 맏형 따라 미군 하우스보이가 되고 미 8군 장교클럽으로 뒤따라 성공가도를 달렸다.

그는 단국대 야간 법학과를 졸업하고 용산 미 8군 장교클럽 근무 중에 메릴랜드주립대 오키나와 분교 서울 용산 미 8군 분교를 나와 서울영어학원 회화 선생, 이태원 해밀턴호텔 지배인을 지냈다.

그 뒤 동생 박광근이 정착하고 있는 프랑스 파리로 진출하여 여행사를 운영하고 파리노인회(청솔회) 제3대 회장직을 역임했다.

부인 김정숙과 결혼 후 3남매를 낳아 모두 훌륭한 글로벌 한국인 인재로 양성했다.

장남 박찬호(1967년생)는 파리 그렁에꼴 출신으로 대우전자 파리에서 가전제품 부장을 거쳐 프랑스 마리클레르 잡지사 한국지사장, 엘르 잡지사 한국지사장 등을 역임한 후 지금은 한국회사 유럽 총괄 지사장으로 근무한다.

박찬호도 이내 결혼 후 남매를 낳아 첫딸은 그렁에꼴을 나와 프랑스 제1의 광고회사에서 근무한다.

둘째 아들 박정호는 프랑스 신학교를 졸업하고 신학교 동창인 프랑스 여인과 결혼하여 두 딸을 낳고, 현재는 낭시의 프랑스 개척교회 담임목사로 시무 활동을 한다.

셋째 딸 박효진은 파리대학을 나와 프랑스인 엔지니어와 결혼하여 다정하게 살고 있다.

듣고 보면 둘째인 박창근 회장도 동생의 연줄로 파리로 입성하여 너무나 반듯하게 일가를 꾸몄다는 평가다.

## 넷째 박홍근도 '파리 형님'의 길 그대로 따라

박 가문의 넷째로 박 회장의 동생인 박홍근 회장도 역시 3남매를 낳아 집안의 번성을 함께 기록했다.

그는 위 형님들의 사랑 속에 연세대 정외과를 나와 대한주택공사 인사과장을 거쳐 큰형님이 총지배인을 맡고 있던 문화관광호텔 총무과장을 지냈다.

그 뒤 바로 위의 박광근 회장이 자리 잡은 파리로 진출하여 한국일보 보급소장, LG그룹 구본무 회장의 연세대 동문인 연줄로 반도패션(LG패션) 지사장을 거쳤다.

이어 박광근 형님이 걸어온 길을 밟아 재불 한인회 회장, 유럽한인 총연합회 회장, 평통 유럽지회장 등을 역임했다.

부인 조종숙과 결혼 후 3남매를 낳아 장녀 박소연(1972년생)은 대학·대학원을 거쳐 삼성물산 파리지사 과장, 금호타이어 프랑스지사 부장으로 근무한다.

박소연은 프랑스 다국적 기업 베올리아의 엔지니어와 결혼하였고, 장남 박규호는 파리대학 생명공학 박사로 파스퇴르 한국지사에 본사 파견 연구원으로 근무한다.

조카 며느리(김은정)는 브라질 교포 출신으로 프랑스 그렁에꼴을 나와 화장품 회사인 로레알 남미 과장을 거쳐 옥시땅 아세아 마케팅 총책으로 한국에서 근무했다.

그 뒤 본사 발령으로 옥시땅을 사직하고 현재는 삼성전자 본사 마케팅 팀장으로 근무한다. 그의 딸은 서래마을 프랑스 고등학교에 재학 중이다.

막내딸 박주연은 파리 그렁에꼴 졸업 후 프랑스 미사일 회사에 입사하여 근무 중에 사내결혼으로 프랑스인 엔지니어와 아들 하나를 낳아 키우고 있다.

베트남 사이공 방문 때.

제7장. 자립·자강, '자수성가'의 얼굴

베트남 사이공 방문 때 가족들과 함께.

## 5남매 막내 박경숙도
## 3남매 다복가정

박가문의 5남매 막내딸 박경숙(1947년생)은 파독 광부
오빠의 송금으로 동덕여대를 나와 대한주택공사에 입사하
여 권영배(1944년생) 씨와 사내결혼했다. 신랑은 성대 법학
과 출신으로 주택공사 총무이사로 퇴임 후 지금은 법원 조
정관으로 근무한다.

자녀는 3남매를 두어 맏딸 권희원은 파리 유학을 거쳐
고교 교사로 근무하고, 신랑은 회사 중역으로 두 자녀를 두
었다.

장남 권동욱(1973년생)은 연대 영문과 졸업 후 대학 교수
가 되고 재미교포와 결혼해 딸 둘을 출산했다.

1994년 3월 경부고속철도 교량 방수 기술 설명회에서(건설본부).

　막내 권정원은 이대 예체능계 수석입학 후 졸업까지 장
학생으로 나와 독일, 스위스 유학을 거쳐 오르간 국제 경진
대회에 여러 차례 입상했다.

　귀국 후에는 이대와 숙대 강사, 대형 교회 오르간 반주자
로 근무한다.

　신랑은 한진관광 크루즈 담당으로 근무한다.

# 처제도 「오아시스」에서
# 신랑 만나 결혼

박 회장의 막내 처제 이상화(1960년생)도 파리 유학을 거쳐 한식당 오아시스에서 만난 양해일 디자이너와 결혼, 동서간이 됐다.

양 디자이너는 에스모드 다닐 때 실습을 해야 한다기에 유명 브랜드 디자인 실장인 신혜정 여사에게 부탁해 졸업 후까지 근무했다.

이 경력으로 프랑스 중견 브랜드 패션회사 디자인 실장으로 근무한 후 한국의 대표적인 디자이너로 활약한다.

양해일 디자이너 부부.

양해일 부부는 남매를 두고 있다. 딸 양이네스는 파리에서 석사 학위를 받고 패션업 경영을 담당하고 있다.

아들 양테오는 프랑스 그렁에꼴에서 회계학 석사 코스를 밟고 있다.

## 양해일 디자이너, 세계 무대 선다

양해일 디자이너는 오랜 기간을 거친 파리의 숨결에 우리나라 전통 '민화'를 접목해 현대식으로 재해석한 한국의 패션을 선보인다.

양해일 디자이너는 패션 학교인 「에스모드 도쿄(ES-MOD TOKYO)」를 거쳐 「에스모드 파리(ESMOD PARIS)」를 졸업한 후 패션회사 「또랑뜨(TORRENTE) 오뜨꾸뛰르」에서 디자이너 활동을 시작했다. 당시 프랑스 영부인 마담 미테랑(Madame Mitterrand)의 의상도 디자인한 바 있다.

양해일 디자이너는 모델로 활동하던 중 패션 디자인에 대해 꿈을 갖고 국내 의류학과 입학을 준비했지만 남자는 입학이 불가능해 유행의 정점이었던 일본으로 유학을 갔다. 그러나 막상 일본에 가보니 패션의 메카가 프랑스 파리인 것을 알고 1987년 유학길을 선택했다.

양 디자이너는 2017년부터 지금까지 브랜드 「해일(HEILL)」로 파리 패션위크 오뚜꾸뛰르에 참가하고 있다. 그 전에는 DND라는 브랜드로 전 세계에서 열리는 패션전시 형태인 쁘레타뽀르테(pret-a-porter)에 참여해 수출도 했다.

2019 SS컬렉션은 3·1운동, 대한민국 임시정부 수립 100주년을 기념해 태극기와 책가도를 소재로 작품을 선보여 해외에서 큰 반응을 얻었다.

영국의 유명 팝 아티스트 스티브 윌슨은 한국의 전통컬러인 오방색에 큰 관심을 갖고, 2020 SS 컬렉션에 양 디자이너의 작품과 콜라보레이션을 진행했다.

궁궐이나 전통의상에서 볼 수 있었던 전통 오방색을 현대패션으로 승화시킨 민화 소재의 작품이 서양의 팝 아티스트를 통해 재창조된 것이다.

올해 가을 파주 임진각에서 열리는 「'22 S/S 파리 패션위크 언택트 해일 패션쇼」에서 선보일 소재 역시 조선시대 능행도에서 모티브를 얻어 작업하고 있다.

능행도는 조선시대 왕이 그 선조를 찾아 예를 갖추는 행렬이다. 이는 절대군주인 왕이 백성을 위해 태평성대를 선대왕에게 기원하는 일종의 '메시지 전달의 행사'인 셈이다.

따라서 평화를 상징하는 의미도 포함되므로 우리나라 분단의 상징인 파주 임진각에서 세계 평화의 염원을 담은 패션쇼를 준비하는 것이다.

양해일 디자이너는 "파리의 트렌드를 먼저 살펴보고 예측하기 위해 현지 지인들과 유무선상으로 많은 교류의 시간을 갖는다. 국내외 민화 전문가 그룹에서 항상 좋은 작품을 소개해 주고, 개인적으로도 전통문화 전문가들과 조우한다.

그 와중에 작품 영감이 떠오르면 작업이 시작된다."며 "
제 작품은 현대와 전통이 공존하고 상생하는 밸런스를 중요
하게 생각한다. 세계의 패션 흐름과 합쳐지며, 우리의 것을
또렷이 살릴 수 있는 포인트가 전 세계인들을 사로잡는 이

유이다.”고 말했다.

　이어 양 디자이너는 “국내 디자인의 능력은 세계 최고라
고 자부한다. 예술적인 감각은 물론 창조력은 이미 다른 예
술문화 분야에서 세계가 인정하는 사례가 많다. 하지만 이

제는 브랜드 시대인데, 세계가 열광하는 한국문화의 흐름 속에 K-패션은 상대적으로 브랜드 파워가 약하다.”며 “패션 트렌드의 중심으로 세계를 이끌어가는 리더로서 젊은 디자이너들이 당당하게 나아갈 수 있는 시스템과 환경이 필요하다. 세계는 이미 우리가 좋아하는 것들에 열광하고 있다. 그 가운데 가장 중심이 되는 콘텐츠가 패션이 되는 날이 머지않으리라 확신한다.”고 덧붙였다.

또한 양해일 디자이너는 “한국의 문화를 세계에 알리는 것이 제 소명이다. 더 많은 우리의 문화를 전 세계에 알릴 수 있는 기회를 많이 만들고 싶다. 그래서 우리나라를 찾는 사람들에게 해일을 알릴 수 있는 ‘해일 공간’을 만들 계획이다.”며 “그곳은 패션을 통해 우리나라를 만날 수 있는 공간이 될 것이고, 한국의 신진 디자이너들이나 한국의 패션을 배우고자 하는 해외 디자이너들이 함께 꿈을 꿀 수 있는 장이 되길 바란다.”고 전망했다.

제8장

떠나온 고향 산천
반 세기

# 1. 세월은 유수 같다

## 고국을 두고
## 타국(他國)에서 55년

박광근 회장의 해외 삶이 어느덧 반세기를 넘어 "세월이 유수(流水) 같다"는 옛말이 한 점 틀리지 않는다고 생각한다.

단순히 고향을 떠난 출향(出鄕)이 아닌 고국을 두고 낯선 이국(異國) 땅의 이민이다. 세상이 바뀌고 변해 국경 없는 글로벌 시대라고 하지만 어찌 타고난 뿌리 의식을 버릴 수 있는가.

박 회장은 모국을 방문할 때마다 대한민국의 발전이 자랑스럽다. 오래 전에 생존을 위해 맨손으로 출국할 때와 지금을 어찌 비교할 수 있는가.

그동안 해외에서 살면서도 부모형제가 살던 고향산천이 언젠가는 돌아가야 할 곳으로 다짐했다. 그리고 모국에 대해서는 '괴로우나 즐거우나' 나라 사랑이라고 굳게 믿고 살았다.

잠시 돌아와 태어난 충북 진천군 생가 주변을 돌아봐도 부모형제 그림자도 찾을 수 없다. 전쟁이 가져온 모진 세월의 형벌이었다는 말인가. 부모님이 떠난 후 고향을 쫓겨나듯 출향했으니 말이다.

다행히 태어난 곳 바로 이웃인 안성군 삼죽면 율곡동 일대의 선산이 보존되어 있다. 아마도 1만여 평쯤 될 법한 규모다. 작은 할아버님께서 어렵게 장만하여 손수 가꾼 임야라고 들었다.

박 회장 일가가 모두 해외에 흩어져 살고 있는 시기에도 6촌들이 벌초하고 산림도 가꿔 훌륭한 선산으로 조성됐다는 설명이다. 이곳에 고조, 증조, 조부님 모시고 예산 공동묘지에 안치된 모친도 이장하여 대대손손 번영의 터전을 조성한 것이다.

박 회장은 언젠가 이곳 가족묘역으로 돌아갈 것이라는 각오이다. 숭조(崇祖) 사상이 투철하고 형제우애와 화합으로 번성하고 있는 4형제가 모두 같은 뜻이다.

이어 미국과 유럽 등 이국땅 이민으로 태어난 2세 자녀들도 밀양 박씨 가문의 대가족 묘역으로 돌아오는 날이 있기를 기대할 것이다.

그렇지만 솔직히 너무나 세월의 시차(時差)가 벌어지고 있으니 소망처럼 될는지는 확실하지 않다는 예측이다.

## 서울 오면 소망교회···  박 장군의 '더 좋은 모임'

박광근 회장은 재불 한인회장 출신의 성공한 '재외 한국인'으로 모국을 수시로 방문할 수 있었다. 그때마다 모국 발전에 직·간접으로 참여할 수 있다는 보람과 긍지를 즐거움으로 여겼다.

누구나 고국을 떠나 해외로 여행하거나 아예 해외에 거
주지를 잡아 정착하거나 절로 애국자가 된다고 고백한다.
박 회장이 이를 거듭거듭 강조한다.

독일이나 프랑스 땅에서 펄럭이는 대한민국 태극기만 봐
도 가슴이 뜨겁고 울적해진 경험이 많았다. 한국 드라마 한
토막을 보고도 감동에 젖게 된다.

박 회장의 경우 파리 정착 후 현업 임무가 끝난 요즘엔 생
각이 나면 서울을 방문할 수 있는 것이 너무나 행복하다는
소감이다. 올 때마다 보고 싶은 얼굴, 반가운 사람들을 만나
는 것이 너무나 즐겁기 때문이다.

박 회장은 파리를 떠나 어딜 가더라도 기독교 신앙생활
이 필수 동반이다. 서울에 오면 강남 압구정동 소망교회 예
배가 지정 코스다.

소망교회가 장로교로 파리연합의 성결교회와는 다르지
만 교통망이나 시간 거리상 편리하기에 편한 마음으로 나가

예배한다. 예배를 마치고 나면 별도의 '더 좋은 모임'의 만남이 뜻깊은 대화의 시간이다.

이 모임의 회장 박세환 장군을 비롯한 친근감의 장로와 권사들이 '같은 식구', '집안사람' 격의 분위기다.

박 장군은 '더 좋은 모임'의 초대 이명박 회장 후임으로 대한민국 ROTC 제1기 출신의 육군대장(예)이다. 박 장군은 베트남전 참전 무공으로부터 각급 야전 지휘관을 거쳐 제2군 사령관을 역임한 후 국회의원 2선에다 대한민국 재향군인회장 경력도 쌓았다.

이 같은 박 장군의 각별한 신앙심과 폭넓은 인간관계로 '더 좋은 모임'이 갈수록 발전하고 있던 시기(2021년 3월)에 장군이 갑자기 지병으로 별세했다.

마침 서울에 머물고 있던 박광근 회장은 이 비통한 소감을 감출 수 없노라고 말했다.

청와대 방문 기념 사진.

# 이명박 대통령과 만남, 소중한 인연

박 회장은 박세환 장군에 앞서 이명박 전 대통령이 서울 시장으로 청계천 복원사업을 추진할 때 만난 인연을 매우 소중하게 간직하고 있다.

박 회장이 세계 수처리 1위로 꼽히는 수에즈(SUEZ) 그룹 환경사업 고문일 때 그룹 총수가 서울시의 국제자문위원회 환경분과 위원장을 맡고 있는 사이였다. 이 때문에 이명박 시장과 수에즈 그룹 총수의 미팅이 있을 때는 박 회장이 가까이서 지켜봤다.

이런 인연으로 서울시의 하수종말처리장 재건사업에도 몇 번이나 참여했지만 성공하지는 못했다. 그러나 청계천

청와대 방문 기념사진.

이명박 시장님 초청 만찬석상에서 세계한인 상공인 총연
합회 김덕룡 이사장, 한창우 회장님과 함께.

복원 공사에는 수에즈 그룹의 기술고문이 참여하여 완공됐
기에 박 회장도 간접 참여 보람을 느낀다.

　　그 뒤에 이명박 시장이 대통령 선거에 출마하여 당선된
것은 모두가 잘 아는 사실이다.

청와대 방문 사진.

# '소금 박사'
# 이광경 교수의 이야기

'더 좋은 모임'에서 '소금 박사'로 만난 이광경 교수(고대, 경영학)도 박 회장에게 깊은 인상이다.

중학생인 임혜경 선수와 프랑스 므제브에서 열린 주니어 피겨스케이팅 세계선수권대회 단장으로 출전.

이 교수는 당초 대우그룹 출신이나 정부가 소금 전매사업을 민영화할 때 강릉에 있는 소금공장을 인수·경영했다. 그러다가 천일염사업의 사양화 추세로 경영난이 닥치자 이를 사업 팽창력을 보이고 있던 통일교 재단에 매각했다.

　　이 무렵 강릉 소금공장 입구에는 늘 집단시위가 극성이었다. 소금사업이 기울고 있을 때라 임금이나 후생복지 관련 노사 간 분쟁이 잦을 수밖에 없었을 것이다.

　　그러다가 재력이 튼튼하다는 통일교 재단이 공장을 인수했다고 하자 "빚도 갚고 처우도 개선해 달라"는 시위가 늘어난 모양이다.

베트남 무이네 콘도에서.

어느 날 통일교 문선명 총재가 "소금공장 좀 가봐야겠다"고 나섰다가 집단시위대의 험악한 폭언을 듣고는 놀란 모습으로 "그냥 차를 돌려라"고 지시했다. 이로서 결국 소금공장은 문을 닫게 됐다는 사연이다.

이때 이 교수는 소금 박사직을 끝내고 지금은 코로나 방역 관련 마스크 사업에 참여하고 있다고 들었다.

다른 한편으로는 여전히 소금 관련 사업 분야에 한발을 딛고 있다고도 한다. 그래서 여전히 '소금 박사'로 불린다.

## '6·25 진실 알리기 운동' 해외담당 이사

'더 좋은 모임'의 또 한 분 기억되는 멤버로 6·25 전쟁 진실 알리기 운동본부 안근수 이사를 꼽는다.

안 이사도 애국충정이 넘치는 한국인으로 금방 박 회장을 알아본 모양이다.

6·25 참전 경찰관 유자녀라는 말을 듣고 운동본부 해외담당 이사를 맡아달라고 추천하니 수락할 수밖에 없었다고 한다.

이 운동본부가 2013년 6월 청소년용 『6·25란 무엇인가』라는 소책자를 발간해 각 군부대, 교회, 학교 등을 대상으로 배포하고 있다.

박 회장이 운동본부 해외담당 이사 자격으로 늘 이 책자를 휴대하고 다니면서 배포한다. 지금껏 운동본부가 무

려 50만부를 인쇄하여 곳곳에 배포하고 있노라고 선전한다.

이 책자 속에는 당시 기록 사진과 실전 해설이 고루 실려 있다.

‘6·25는 누가 일으켰나’에서부터 6·25 이전 제주 남로당의 ‘4·3사태’, ‘여순반란사건’ 등을 요약하고 김일성의 남침과정과 맥아더 장군의 인천상륙작전, 중공군의 개입, 휴전협정까지 간단 명료하게 기술했다.

박 회장은 6·25 때 부모를 잃고 사병으로 병역의무를 마치고 파독 광부로 나가 오랫동안 해외서 생존해 왔지만 이토록 6·25 진실 알리기에 열성을 다하고 있는 것이다. 누가 그의 깊은 애국충정을 모른다고 할 수 있으랴.

## 김학렬 부총리의 셋째 김영수 박사

박 회장은 서울 방문 중에 만난 아주 귀한 인연으로 캐나다 캘거리대학 경제학 교수인 김영수 박사를 꼽는다. 김 교수는 박정희 대통령의 특별한 신임을 받은 김학렬(金鶴烈) 전 부총리의 셋째 아들이다.

워싱턴 방문 때.

김 교수는 경제학 박사이지만 생명공학 영역에 속하는 당뇨 치료제 '엘레오틴'을 개발한 특이 능력을 발휘함으로써 더욱 유명해졌다. 김 교수의 엘레오틴 사업은 캐나다 밴쿠버에서 두 딸이 사장과 마케팅을 담당하여 크게 발전시키고 있다고 한다.

김 교수는 중국에도 진출하여 엘레오틴으로 후진타오 전 주석의 당뇨를 치료하여 명성을 얻었다. 이를 바탕으로 중국 내 엘레오틴 생산과 판권을 칭화대 측에 넘겨 '중국사업'으로 발전하고 있다는 소식이다.

이처럼 다양하고 화려한 경력의 김 교수가 박 회장에게 파리의 태권도 사범 방서홍 관장의 소식을 물어왔다. 그러나 방 관장은 이미 작고한 시점이었다. 김 교수는 어릴 적에 방 사범으로부터 태권도를 배운 사제지간이었다.

그 뒤 얼마큼 지나 김 교수가 다시 "파리를 방문하여 당뇨환자들을 대상으로 특강을 하고 싶다"고 연락하여 박 회장이 환자분 25명을 찾아내어 파리연합교회 교육관으로 초청 특강 기회를 제공했다.

그 후 당뇨 환자이던 이혜경 권사를 중심으로 엘레오틴 단톡방 모임을 결성함으로써 많은 효과를 나누고 있다고 한다.

박 회장 부인도 이 당뇨약을 꾸준히 복용하고 있다고 한다

# 2. 고국에서 만나는 정다운 사람들

## 고향의 얼굴…
## 신례원 초등학교 9회 동기

박 회장은 예산 신례원 초등학교 제9회 졸업생으로 동기생 모임에 뒤늦게 참석했다가 가장 성공했다는 소문이 나돈 임창순을 반갑게 만났다.

박 회장은 선친의 임지에 따라 신례원 초등학교에서 동기생 임창순을 처음 만났지만 당시 그는 '독종'이란 별명이 붙을 만큼 텃세를 부렸다.

박광근을 보고는 "네가 경찰지서장 아들이냐"며 마구 놀려댔다. 그러나 별로 오래지 않아 서로가 친하게 지냈다고 기억한다.

임창순은 개성이 강한 만큼 공부도 잘해 대우증권 명동지점장일 때 전국 제1위의 실적을 기록하여 유명세를 날렸다. 그 뒤 동아증권 임원을 퇴임하고도 후속 NH농협지점 고문으로 장기간 예우를 받았다.

박 회장은 초등학교 동창모임 참석을 계기로 예산 모현사업회(육현 추모회)에 회원으로 가입하고, 충청 향우회와 매헌 윤봉길 의사 추모회에도 참석하여 고향의 정을 나누고 있다.

박 회장은 초등학교 동기 가운데 경찰에 진출해 성공한 박상진 총경을 뒤늦게 소개해 준다. 박 총경은 초등학교를

소망교회 '더 좋은 모임'에서 박세환 회장님과 함께.

거쳐 중고교를 공주사범인가 어디로 진학하여 깜빡 잊었다
는 설명이다.

그는 고대 정경대를 졸업하고 경찰에 투신, 서울과 경기
도 일원 경찰서장으로 복무한 후 지금은 은퇴 후 구리시에
살고 있다고 전해 준다.

박 회장은 모든 생활 근거가 파리에 있지만 1년에 한두
차례 고국을 방문하여 이처럼 반가운 얼굴들을 만나며 노후
를 보내는 것이 너무나 행복하다는 소감이다.

## 잊을 수 없는
## 파독 광부 동료, 선배들

박 회장의 파독 광부 인생 길잡이는 예산 고향 친구 조용
복이라고 소개한다. 초등학교 동기이니 평생 잊을 수 없는
죽마지우(竹馬之友)다.

그가 파독 광부 제5진으로 먼저 출국했으니 제7진인 박광근보다 1년 반 정도 선배 광부로 호칭된다.

먼저 간 친구 조용복이 편지로 "여기 월급 많이 준다"고 자랑하니 빨리 오라는 독촉 아닌가.

이때 파독 광부 공개모집에 응시하여 합격하자 큰형님(박순근)이 여러모로 지원하여 난생 처음 비행기 타고 서독으로 떠난 것이다.

박 회장이 제7진으로 예정된 광산촌에 도착해 보니 친구는 300km나 멀리 떨어진 탄광에서 일하고 있었다. 그 길을 멀다 생각하지 않고 달려가 만나보니 얼마나 반가운가.

그러나 친구는 계약노무 3년이 끝난 후 미국으로 훌쩍 떠났다. 당시 파독 광부가 미국이나 캐나다로 이민 가는 것은 '천국행'이라고 여겼다.

그로부터 세월이 흘러 박 회장은 파리로 진출하여 재불한인회장으로 선출되고 당연직으로 해외 민주평통 자문위원이 되어 방미했을 때 LA에 살고 있던 그를 한번 만나볼 수 있었다고 회고한다.

박 회장이 서울 하왕십리 셋방에 살면서 편입학하여 졸업한 백남고교 1년 후배 고(高) 아무개(?)도 절친했던 광부 동료 사이라고 들려준다.

그도 제5진으로 파독됐으니 1년 반 선배 광부다. 그가 박광근 동문이 간다는 소식을 듣고 먼 길을 찾아와 만났으니 반갑기 짝이 없었다.

파독 광부를 통틀어 그가 유일한 학맥(學脈) 친구 사이다. 그는 3년 계약을 마치고 캐나다로 이민했다고 들었지만 다시 만날 기회가 없었다.

탄광 기숙사 동료로 가깝게 지낸 임승진은 나이가 두 살이나 아래이지만 제5진으로 파독됐으니 역시 1년여 선배 광부다. 그는 경상도 출신으로 해병대에 근무한 사나이 기질이었다.

계약근로를 마친 후에는 본국으로 돌아갔다고 들었는데, 오랜 세월이 지나 서울 와서 수소문해도 행방을 알 수 없어 안타깝다는 그리운 심정이다.

## 기술교육 꿈
## 심어준 박승조 박사

파독 광부들에게 선진 독일기술을 배울 수 있다는 꿈을 심어준 스승이 생각난다.

독일 보쿰대, 베를린대 교수로 활약하던 박승조 박사(경제학)로 당시 야당의 여당수인 민주당 박순천(朴順天) 대표의 장조카로도 유명했다.

박 박사는 독일 정부의 후진국 출신들의 특수교육 지원 프로그램을 이용해 파독 광부들을 위한 특수학교 설립을 추진했다.

학과목은 전기, 토목, 기계, 도금 등에 과목당 40여명의 학생을 모집해야 하기에 박광근 광부에게 모집책 임무를 맡겼다.

김다희 피아니스트 가족과 함께.

　백남고교 전기과를 졸업한 박광근 광부는 이 특수학교가 적성에도 맞는다고 느껴 열심히 학생 모집에 나섰지만 쉽지 않았다.

　처음에는 호응하다가도 실습위주의 실기교육이라는 말에 자신이 없는지 모두가 못 하겠노라고 손을 들었다. 박광근 광부는 독일 기술을 배워 금의환향하겠다는 꿈으로 열심히 독일어를 공부하여 통역수준까지 올라갔지만 박 박사의 특수학교 프로그램 무산으로 허망해졌다.

　이 때문에 독일 기술교육을 포기하고 파리행으로 진로를 변경키로 했다. 광부 근로 계약기간이 6개월 가량 남아 있는 시점에 '독·불어사전'을 구입해 불어 공부를 시작했다.

'87 海外韓民族代表者会議
THE 1ST LEADER'S CONFERENCE OF OVERSEAS KOREANS
1987. 11. 15 ~ 18. IN TOKYO   主崔 : 在日本大韓民国居留民団

1.南北異 協助心願 앞당겨서      1.内外同胞 굳게뭉쳐
  平和롭게 길트자.               民族繁栄 이룩하자.
2.서로 을찬빛 成功시켜         2.国際親善 더불어
  先進祖国 創造하자.             地位向上 期하자.

1987년 해외 한민족대표자회의에서.

    파리로 입성하여 숙주나물 공장에서 일하면서도 불어학
원을 다녔다. 학원 공부 2년여 만에 불어 대화가 능숙해지
니 파리에서의 정주(定住) 수단이자 밑천이 확보된 셈이다.
    불어로 소통하고 교류하면서 근면과 열성으로 하나하나
씩 도전 성취했다. 파리연합교회 설립, 한식당 「오아시스」
개업에 이어 재불 한인회장으로 선출될 수 있었으니 얼마나
훌륭한 자수성가(自手成家)인가.

## 윤석헌 제7대 대사의
## 지극한 한인 사랑

    박 회장이 아무 연고 없는 파리에 입성한 지 불과 13년
여 만에 무슨 수로 한인회장까지 될 수 있었을까. 남보다 먼

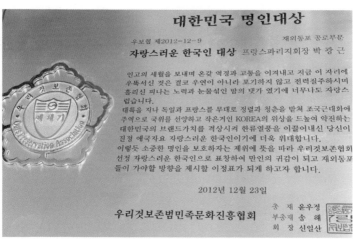

대한민국 명인대상 '자랑스러운 한국인 대상'을 받고.

저 불어를 익혀 열정으로 뛰면서 자립, 자활의 삶을 개척했기 때문일 것이다.

숙주나물 공장에서 금방 인정받아 공장장이 되고 부인과 첫 딸을 초청하여 가정을 다시 세우고, 곧이어 형과 동생을 초청해 3형제가 거의 동업식 사업으로 일가를 번영시킨 능력을 획기적이라고 평가하지 않을 수 있는가.

박 회장이 1982년 제15대 재불 한인회장으로 선출될 때는 경쟁자가 없는 단독 출마로 무투표 당선됐다. 이어 83년 제16대까지 연임하면서 회장 임기를 2년으로 연장, 후임 회장들이 2년 임기제로 활동할 수 있게 만들었다.

박 회장은 1973년 제6대 회장 선출 때 신제창 박사를 지원하여 회장단 임원을 경험한 바 있었다. 신 박사는 경기고 출신으로 임원진을 몽땅 경기 출신으로 구성하면서 유일하게 비경기 출신인 박 회장에게 한 자리를 내준 것이다.

제6대 신 회장 때 제1회 구주 한인 체육대회가 벨기에에서 열려 재불 한인회 이름으로 참가하기 시작했다. 그로부터 9년이 지나 박 회장이 재불 한인회장으로 뒤를 이은 것이다.

박 회장이 재임 때 한인회 후원, 지원금 기록을 살펴보니 윤석헌 주불 대사가 가장 많았다고 한다.

윤 대사는 1974년 3월 제5대에 이어 1982년 2월 제7대 주불 대사로 연임했다. 윤 대사는 성격이 깐깐하고 원리원칙에 투철한 공직의식이었지만 재불 한인들의 권익 향상을 위해 너무나 헌신적이었다고 한다.

그러나 불행히도 윤 대사의 외아들이 파리를 방문하여 런던에서 달려온 친구와 함께 이곳저곳을 찾아다니다가 교통사고로 사망하고 말았다.

이에 박 회장이 자신이 설립한 파리연합교회에서 윤 대사 아들의 장례식을 대행했다. 그 뒤 윤 대사는 딸 하나만을 가까이 두고 노후를 보내고 있다는 소식이다.

## 「오아시스」단골 VIP도
## 서울에서 만나

대우그룹 김우중(金宇中) 회장은 박 회장이 파리-서울 간 비행기 속에서 자주 만났다. "세상은 넓고 할 일은 많다"던 김 회장은 골프도 못 치고 술 한모금 못 하는 일 중독형 '연중무휴'라고 들었다.

세계평화 UN장학재단 소현영 총재와 함께.

　그러면서 세계 곳곳 큰 장터를 찾아다닌 김 회장은 비행
여행 중에도 문서를 읽고 동반 대학교수들과 대담하는 모
습이었다.

　비행기 속에서 자주 만나게 되자 김 회장이 먼저 "박 사
장(오아시스 사장)과는 참 인연이 많아요"라고 반겼다. 그 뒤
시간이 나면 「오아시스」를 찾아 단골이 됐다.

　박 회장은 김우중 회장과 경기고 동창인 신재창 박사가

재불 한인회장일 때 임원으로 참여한 인연이 있었다. 신 박사는 그 뒤에 대우그룹의 파리법인장을 역임한 관계였다.

파리의 한식당 제1호 「오아시스」를 찾아주신 고국의 VIP 고객들의 직함은 일일이 다 기억하기 어렵다. 주불 대사관 관계자가 안내해 오기도 하고, 파리 진출 기업 관계자들과 동행하는 경우도 있었다.

몇 분을 꼽는다면 SK그룹의 최종현(崔鍾賢) 회장 일행이 「오아시스」를 찾아 '파리의 한식당'이 잘돼야 한다는 격려 한마디를 남겼다.

금호그룹 창업주 일가 쪽에서도 몇 분이 식사하면서 "이 집 맏딸(박미선)이 고등학교에서 1등했다는 소문들 들었다"고 칭찬했다. 박미선 씨는 그 뒤 대학, 대학원을 나와 변호사가 되고 고교 불어 교사가 됐다가 지금은 자녀 교육 때문에 미국에서 거주하고 있다.

에이스침대 안유수 회장은 파리에서 가구류 전시회가 열

'우리것 보존협회' 정기모임에서 서우림 탤런트, 한미재단 조봉남 이사장님과 함께.

리면 침대류를 출품하여 오아시스 식당을 찾아주셨다.

어느 날은 점심을 끝내고 3형제(박창근, 박광근, 박홍근)가 가볍게 한담을 나누고 있을 때 옆에서 안 회장이 훌쩍거리는 표정이었다.

깜짝 놀라 다가가서 "회장님, 무슨 일로 그러십니까"라고 물었더니 "오아시스 3형제가 너무 단란하게 화목한 모습을 보니 부러워서 눈물이 나왔다"고 했다.

안 회장은 "북한에서 단신으로 피난 나와 남한 땅에 혈육 한 점 없어 너무 외롭고 쓸쓸하다"고 말씀했다. 이에 "우리가 형님으로 모시겠다"면서 의형제로 결연했다. 그로부터 서울 가서 에이스침대를 방문하여 "형님 잘 계셨습니까"라고 인사하면 너무 반가워하더라는 이야기다.

## 박 회장, 세계평화 UN 장학재단
## 자문위원 위촉

박광근 전 프랑스 한인협회장은 지난 7월 10일 6·25 한국 참전용사 후손 UN 소년 대사 '세계평화 UN 소년 발표대회 출정식'에 참가했다.

박 회장은 이 단체와 인연을 맺은 지 수십 년간 지속하면서 때마침 서울로 출장을 오는 바람에 행사에 참여해 이날 세계평화 UN 장학재단 자문위원으로 위촉되었다.

세계평화 UN 장학재단 소헌영 이사장은 이날 자문위원 위촉식에서 40여년 유지해 온 총재직에서 물러나고, 그 자리는 반기문 전 UN 사무총장이 맡기로 잠정 합의됐다고 밝혔다.

박광근 회장은 이 자리에서 "프랑스 한인회장을 맡고 있

을 때 소헌영 총재를 만난 이후 프랑스에 오실 때마다 뵈었
다.”며 “좋은 일을 하는 데 뭔가 도움을 드려야 하는데 자문
역할이라도 해달라고 해서 참여했다.”고 말했다.

　이어 박 회장은 “소 총재는 오랫동안 6·25 한국전쟁 16
개국 참전국을 방문해 참전용사들을 위로하는 데 열정적으
로 엄청나게 노력해 왔다.”며 “1966년 서독 광부로 갔다가
파리에서 정착해 52년째 살면서 한인회장을 지낸 후 세계
한인상공인총연합회 부회장, 한민족대표자회의 프랑스지부
장 등 벅찬 역할을 맡겨주어 그동안 어떻게 그런 일을 했을
까 돌이켜보면 감개무량하다.”고 전했다.

　또한 박 회장은 “아버지가 6·25전쟁 때 인민군과 교전하
다가 전사하셔서 유엔 16개 참전국에 관심이 많았다. 그렇잖
아도 프랑스 참전용사협회 명예회원으로 활동하면서 한불
관련 참전용사협회와의 관계를 더욱 돈독하게 하겠다.”며 “

워싱턴 방문 기념.

제8장. 떠나온 고향 산천 반 세기

행사에 참석한 박광근 회장.

남기영 후원사 대표가 구상하는 명품 관련 일도 도와주는 데 적극적으로 노력하겠다.”고 덧붙였다.

박 회장은 지난 2017년에도 세계평화나눔재단 상임고 문으로도 추대된 바 있다.

한편, 세계평화 UN 장학재단은 2021년 10월 24일 에티 오피아 아디스아바바 한국전쟁 참전용사 공원에서 참전용 사들에게 후원금을 지원하는 행사를 개최할 예정이다.

6·25전쟁 UN 16개 참전국 중 하나인 에티오피아는 아 프리카의 후진국임에도 1951년 4월 21일 참전해 올해로 70주년을 맞아 가지는 행사이다.

에티오피아 참전군인 6037명 중 현재 살아 있는 분은 총

6명에게 매달 100달러씩 지원하는데 이들 참전용사에게는 그마저 큰돈이다.

이날 참석한 차옥선 에티오피아 지부장은 "한국전에 투입된 에티오피아 참전용사들은 귀국한 후 얼마 안 돼 나라가 공산화되어 핍박과 함께 숨어 살아야 하는 상황이 되어 더욱 힘들게 살아왔다."며 "대한민국이 옛날의 가난한 나라에서 이만큼 잘살게 되어 인사드리면 그분들이 굉장히 고마워한다."고 말했다.

차옥선 지부장은 부친이 6·25전쟁 참전용사로 평소 관심이 높았는데 25년 전 태권도 사범인 남편을 따라 에티오피아에 간 이후 우연한 기회에 이 일을 시작했다. 5년 전부터 참전용사 후손들을 소년대회에 참가시킨 이후 오는 10월 24일 가질 행사에 대해 무한한 감사의 마음을 전했다.

부산 기장 해변에서.

이종구 사장댁에 초대받아 오광훈 대표, 프랑스 친구와 함께.

# 3. 자랑스러운 조국 대한민국이여 …

## 조국 발전의 기쁨,
## 조국 흉사의 고통

박 회장은 태어나고 자란 조국 대한민국 땅에서 보다 독일, 프랑스 등 해외서 두 배 이상 오래 거주했다.

그곳 이국땅에서 살면서 한시도 조국의 따뜻한 품을 잊을 수 없었다고 말한다. 타고난 핏줄이 그러하니 태생적 애국심이라고 봐야 할 것이다.

'재외 한국인'으로 살다보면 누구나 조국의 발전상이 나의 기쁨이자 자랑이요, 조국이 겪는 흉사가 나의 고통이자 근심이고 걱정이다.

박 회장은 일제 말기에 태어나 나라 잃은 서러움을 짧게나마 직접 체험했다. 8·15 해방공간에서는 좌우익 대결의

극심한 혼란을 보고 놀랐다. 곧이어 김일성의 6·25 남침으로 온 나라가 참상을 겪고 가정적으로는 부친이 전사하는 비극을 만났다.

전쟁은 휴전으로 일단 중지됐지만 온 국토가 폐허지경에 먹고 살아갈 길이 막막했다. 이때 5·16 군사혁명이 "절망과 기아선상에 허덕이는 민생고를 시급히 해결하고…"라고 공약했다.

그로부터 경제 전문도 아닌 군 출신 지도자가 민간 기업인들을 달래고 독려하여 경제 개발하니 나날이 성과가 눈에 보였다.

이른바 서독 정부의 '라인강의 기적'에 비유되는 '한강의 기적'이었다.

배고픈 국민들 입장에서는 배불리 밥 먹을 수 있는 경제 개발이 민주주의이고 자유와 인권이라고 느껴졌다.

박정희의 경제개발은 김일성의 중단 없는 도발과 야당

문재인 대통령 프랑스 방문시 프랑스 교민 리셉션 행사장에서 파리 신재창 박사와 함께.

의 극렬한 반대 투쟁 속에 '싸우면서 건설하자'는 불굴의 의
지였다.

심지어 '내 무덤에 침을 뱉으라'고 했다. 민족중흥, 조국
근대화를 신념으로 내세운 '역사의 창조'라고 예찬될 수 있
을 것이다.

박 회장은 오랜 세월 밖에서 조국을 쳐다보면서 박 대통
령과 함께 삼성 이병철(李秉喆), 현대 정주영(鄭周永), LG 구
인회(具仁會), 대우 김우중(金宇中), 포스코 박태준(朴泰俊)
회장 등을 대한민국의 명예의 전당에 함께 올려놓고 추앙해
야 하지 않겠느냐고 생각해 왔노라고 실토한다.

## '왜 박정희인가…' 파독 광부의 '은인'

'왜 박정희인가'라는 질문에 박 회장은 주저없이 "우리네
파독 광부들의 은인"이라고 답변한다.

경제개발 종잣돈 마련을 위해 마르크화 차관 도입을 추진하다 지불보증 문제로 막히자 광부와 간호사 인력수출을 발상, 그들의 노임을 담보로 해결했으니 판단과 결단력이 얼마나 뛰어났느냐고 감탄한다.

그로부터 한국 경제는 민·관 합동, 경제 제1주의, 건설·수출 제1주의 등으로 고도 성장할 수 있었지만 고비마다 중요 대목마다 박 대통령의 결단이 적중했다. 박 대통령은 많은 전문가들의 지식과 조언을 가감 없이 결집하여 판단하고 결정한 것이다.

경부고속도로, 포스코, 조선, 기계, 자동차, 석유화학 등 대형 국책 프로젝트들이 모두 여기서 나왔다.

박 회장은 1972년 '8·3 조치'가 바로 한국 경제를 견인해온 대형 재벌들을 육성시킨 결단이라 들었노라고 전해 준다. 8·3 조치란 모든 기업이 짊어지고 허덕이는 사채(私債)를 일시에 동결시킨 비상조치였다.

자유시장경제 차원에서 보면 '독약' 조치다. 사채업자들과 비평가들은 '박정희 독재의 표본'이라고 비난했다. 반대편에서는 "당시 독재가 아니었다면 기업들을 무슨 수로 살릴 수 있었겠느냐"고 반박한다.

8·3 조치는 당시 김용완(金容完) 전경련 회장이 박 대통령과 독대를 통해 "사채 때문에 기업이 다 망하고 있다"고 진언하여 비상경제 조치로 나온 것이다.

'싸우면서 건설하자'며 죽기 살기로 경제 개발하는 마당에 "고리(高利) 사채 때문에 기업이 죽어가는 것을 보고만 있을 수 있는가"라는 질문에 대한 결단이 아니고 무엇인가.

## 박정희 조선 권고에
## 정주영 회장 곧 항복

박 회장은 박 대통령과 정주영 회장이 1970년 5월 어느
날 청와대 뒤뜰에서 막걸리 대화를 나눈 장면을 기록한 대
목을 '다시 보는 한국사… 불굴의 의지'라며 '참고용'으로
필자에게 건네줬다.

필자가 경제기자 시절에 들었던 이야기와 거의 유사한
내용이다.

박 대통령이 "국가 안보전략상 우리 배(선박)가 있어야 한
다"는 신념으로 현대건설에게 조선산업을 권유했다가 거절
당한 뒤의 이야기다.

이때 박 대통령이 재무부 장관을 통해 "현대가 신청하
는 산은 자금은 일체 중단하라"고 은밀히 지시했다는 소문
이 돌았다.

이날 청와대에서도 정 회장은 막걸리 잔을 사양하면서 "
토목, 건축쟁이가 어찌 선박을 건조하겠습니까"라고 답변
했던 모양이다.

이에 박 대통령이 "조선이 건축사업과 얼마나 다르냐"며
"포스코가 생산한 중·후판 사다 절단하여 용접만 하면 배가
되어 '쉽 빌딩(Ship Building)'이라 한다면서?"라고 되물었
다. 박 대통령도 전문가들의 조언을 듣고 이렇게 응수할 수

있었을 것이다.

결국 정 회장이 항복할 수 밖에 도리가 없었던 모양이다. 곧장 포항 미포만 모래사장 사진을 찍어 현대조선 현장이라고 우기며 영국 버클레이즈 은행을 찾아가 차관을 얻어 도크 공사하면서 대형 유조선을 주문받아 건조해 냈다는 기록이다.

당시 영국은행이 거부하는 차관을 설득하기 위해 이순신 장군의 거북선이 그려진 지폐를 꺼내놓고 "우리 조상들이 영국보다 300년이나 앞선 1500년경에 최신 철갑선을 건조한 조선 DNA를 물려받았다"고 우겼다는 이야기가 사실로 전해 왔다.

왜 박 대통령은 이 무렵 조선산업을 서둘려고 했을까.

국적선박 보유를 국가안보 전력으로 판단한 것이다. 식량 부족으로 외국에서 쌀을 수입해 올 때 우리 선박만이 믿을 수 있다.

유사시에는 우리 국민들이 해외로 피난하자면 국적선박이 필수다. 또 전쟁 물자를 실어오는 데도 우리 배를 믿을 수 있지 않느냐고 판단한 것이다.

실제 박 대통령의 권유로 현대중공업이 설립되어 세계 최대 조선사가 되어 오늘날 5대주 6대양을 누비고 다니는 대형 유조선, 화물선 등의 태반이 대한민국에서 건조한 배가 아닌가.

이 얼마나 자랑스런 대한민국의 위상인가.

# 88올림픽 감동이
# 지금껏 '팔팔'

박 회장은 88서울올림픽 유치위원장으로서 정주영 회장에 대한 깊은 인상이 각별하다.

재불 한인회장의 눈으로 조국 대한민국이 올림픽을 유치할 수 있다면 얼마나 영광일까 몇 번이나 가슴 속에 되새겨봤다. 그러나 일본의 나고야가 앞서가고 있는 상황이니 기대 난망이기도 했다.

파리 주재 특파원 가운데 친숙한 편이던 이인원 KBS 특파원마저 "우리나라가 올림픽을 개최하기엔 역부족"이라고 말하여 실망적이었다.

그러다가 1983년 재불 한인회장일 때 바덴바덴 IOC 총회에서 사마란치 위원장이 '차기 올림픽은 서울'이라고 선언한 장면을 지켜보며 감격했다. 그때 정주영 회장과 유치위원들이 '만세'를 부르는 광경이 TV로 방영됐다.

얼마 뒤 바덴바덴 총회를 취재하고 돌아온 KBS의 이인원 특파원이 "정주영 위원장이 사재를 털어가며 올림픽 유치에 헌신하는 모습에 감동했다"고 말했다. 경력이 쌓인 KBS 특파원마저 사전에 제대로 예측 못하고 뒤늦게 올림픽 예찬론으로 바뀐 순간이었다.

박 회장은 재불 한인회 임원진과 원로들을 한 자리에 모시고 "우리 모국이 올림픽을 유치했으니 후원회를 결성하여 적극 지원해야 하지 않겠습니까"라고 물었다.

원로들이 즉각 "회장이 그냥 후원회를 맡으면 된다"고 말해 88올림픽 후원회장을 맡게 됐다. 그로부터 5년간 나름대로 최선을 다해 뛰었다고 생각한다.

88서울올림픽 기간을 통해 박세직 조직위원장의 넘치는 정력과 추진력을 여러 번 관측했다. 국교가 없는 중국, 소련, 동구권과의 참가 교섭에도 박 위원장 특유의 추진력이 효과를 발휘했다.

88올림픽 성공 개최 이후 만나는 사람마다 "당신네 나라 놀랍더라"는 말에 너무 흡족했다. 88 후원회장의 보람이 바로 이것이라고 느꼈다.

현대가(家) 중에는 정몽준(鄭夢準) 회장(현대중공업 대주주)의 인상이 매우 깊다. 정주영 회장의 여섯째 아들로 경제학을 공부하고 국회의원도 무소속으로 6선(選)을 기록했지만 재외 동포들에게는 대한축구협회장을 연임·중임한 스포츠계 거인으로 각인됐다.

박 회장의 동생 박흥근이 형님 뒤따라 재불 한인회장을 맡고 있을 때 파리월드컵에 참가한 한국축구대표팀을 극진이 후원했다. 이때 얼마나 감사하게 여겼는지 "나만 보면 감사, 감사 인사하니 민망하다"는 소감이라고 했다. 그때마다 정 회장에게 "내가 아니고 내 동생이 후원했다"고 거듭 해명했다고 한다.

박 회장이 구주 한인체육대회 관련 도움을 받은 당시 대한체육회 배순학 사무총장을 못 잊어 한다. 구라파 거주 한인사회가 동참하는 한인체육회의 대회 진행 규칙, 규정이

미비해 분쟁이 잦은 시기였다.

이에 대한체육회를 방문해 배순학 총장으로부터 전국체전 경기 룰과 대회진행 규칙에 관한 문서를 지원받아 대회를 훌륭하게 진행할 수 있었다.

박 회장은 지금도 서울에 오면 옛 대한체육회가 있던 무교동 코오롱빌딩 인근에 위치한 '대한체육회 동우회'에 가면 배 총장을 만날 수 있다고 회고한다.


## 4. 파독 광부, 간호사들의 귀향촌 남해의 독일마을 방문 감회

### 박광근 회장 일가의 '고향 방문'

경남 남해군이 천혜의 절경 속에 파독 광부, 간호사, 간호조무사들의 귀향촌 성격인 '독일 마을'을 조성하여 관광길로 붐빈다는 소식이다.

파리에서 일시 귀국하여 서울에 머물고 있던 박광근 회장이 마치 고향 방문 기분으로 독일마을 탐방에 나서기로 했다.

미국에 거주하는 맏딸 박미선이 유학 중인 자녀들의 방학을 틈타 잠시 귀국한다기에 부녀가 함께 가기로 했다.

때마침 여동생 박경숙 부부도 '오빠와 함께' 가고 싶다니 일가 넷의 동반 모국 관광길이 열린 것이다.

2021년 6월 14일부터 17일까지 3박4일 동안 부녀간, 남매간에 골프를 치고 독일 맥주도 마시며 각국으로 흩어진 온 집안 이야기도 나누고 쌓였던 회포를 푼 기회였다.

박 회장 일가 5남매는 파리, 샌프란시스코, 워싱턴, 서울 등으로 분가한 글로벌 패밀리다. 여기에다 5남매 자녀가 각각 3~4남매로 모두가 글로벌 인재로 육성되고 있다.

그러니까 박 회장이 파독 광부로 고국을 떠난 이후 가운(家運)이 활짝 피어 번영을 누리고 있는 시기이다.

이번 부녀, 남매 동반관광의 계기를 만든 맏딸 박미선은 파독 광부로 떠난 부친의 얼굴도 모른 채 서울에서 태어났다가 박 회장이 파리 숙주나물 공장장일 때 어머니와 함께 파리로 가서 아버지 얼굴을 처음 뵈었다.

그때 박미선은 불어 한마디도 몰랐지만 유치원서부터 똑똑하게 공부하여 명문 중·고교와 파리 10대학, 대학원을 나와 석사·변호사 자격까지 취득했다.

금융인 출신의 부군 장철호와 결혼해 3남매를 낳아 모두 미국 명문대로 유학을 보냈다. 그사이 서울에서 불어 교사로 근속했지만 미국 유학 자녀들 뒷바라지를 위해 지금은 워싱턴 근교로 이주해 있다가 여름 방학기간에 "아버님을 모시고 싶다"며 귀국한 것이다.

여동생 박경숙은 파독 광부 오빠가 송금해준 돈으로 대학을 졸업할 수 있었다. 한국주택공사에 취업했다가 부군

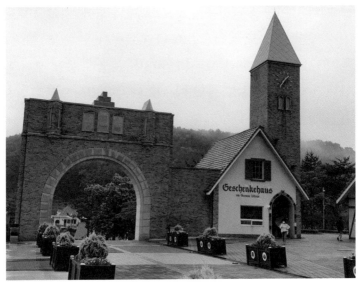

남해 독일마을 전경.

권영배 님을 만나 사내 결혼으로 3남매를 낳아 일류대학, 해
외 유학으로 양육했으니 역시 다복을 누린다.

　지금은 여유로운 노후를 보내면서 이번 독일 마을 탐방
에 동반한 것이다.

　박 회장 일가의 이번 귀향촌 방문길은 청주 서원교회 정
진호 목사 가족과의 오찬으로부터 시작됐다. 정 목사는 박
회장이 창립한 파리연합교회 담당 목사를 역임한 후 귀국
했다.

　박 회장은 이번 독일 마을 방문길에 정 목사를 다시 만났
으니 매우 뜻깊은 재회였다고 말한다.

　박 회장 일가 넷이 처음 방문한 남해군 일대는 온통 절경
천지였다. 아마도 신의 손으로 빚은 듯한 작품들로 구성된

절경의 연속이기 때문이다.

리조트 아난티에 여장을 풀고 아름다운 주변 경관, 티 없이 맑은 풀장, 그림처럼 다듬은 그린 코스를 감상한 후 클럽하우스에서 부녀·남매간 만찬을 나누니 쌓였던 회상과 추억이 끝없이 펼쳐졌다.

다음날 계단식 논으로 오밀조밀하게 꾸며진 다랭이 마을을 거쳐 파독 광부·간호사들의 귀향촌을 찾아가니 이름 그대로 독일풍, 독일 맛이 뭉클했다.

독일형 주택의 외향과 색조에다 마을 길 풍경마저 독일 맛과 멋이 흘러 넘쳤다.

마을의 정상 부분에 파독 광부와 간호사, 간호조무사들의 독일 삶의 애환을 송두리째 담아 놓은 기념관에서 잠시 그때 그 시절을 회상했다.

이어 독일문화체험 센터에서의 독일 맥주 한 모금 맛이 '옛 그대로'이니 바로 옛 고향마을 귀향 아닌가.

독일 마을은 경남 남해군이 파독 광부·간호사들의 귀향 애심과 남해의 절경을 조화시켜 휴양 관광지로 발전시킨 모델이다. 이곳은 파독광부 7936명, 간호사·간호조무사 1만 1057명 등 총 1만 8993명의 '애국 헌신'의 역사 마을로 불리어진다.

독일 마을 조성에는 남해군 주도 아래 독일 정부와 한국 정부의 직·간접 지원도 있었다.

· 1997년 : 남해군과 독일 nordfriesland시와 자매결연
· 2000년 : 독일 베르린시 외 4개 도시와 독일마을

추진 협약, 행정자치부 특별교부세 7억 원 지원

· 2000년 6월 : 제1차 투자유치 설명회

· 2001년 11월 : 제4차 투자유치 설명회

· 2001년 12월 : 택지분양 개시

· 2002년 3월 : 건축공사 착공

· 2002년 9월 : 기반시설 공사 완공

· 2010년 10월 : 독일 맥주 축제 개최

· 2012년 : 독일 문화체험센터 착공

서울 – 부산 간 고속도로 준공은 파독 광부와 간호사들이 벌어들인 외화로 시작됐다.

· 2014년 : 독일마을 완공, 입주

한국 속의 독일 마을은 42가구가 입주해 있는 관광촌이다. 주차장에는 대형 관광버스와 승용차들이 즐비하다.

입주자 대표인 파독 광부 출신 하봉학 회장을 만났다. 제2차 파독진(1971~77)으로 다녀왔으니 제1차 제7진(1966)으로 파독된 박광근 회장보다는 한참 후배다.

입주 42가구 가운데는 한·독 부부가 5가구였지만 2가구는 노후 삶의 사정으로 귀국하여 지금은 3가구만 남았다고 했다. 이곳 삶은 남해의 온난한 기후와 맑은 풍광 속에 각종 취미생활로 여유가 있는 모습이다.

이곳 독일 마을이 성공 모델로 소문이 나서 인근에는 '미국 마을'도 조성됐다. 독일 마을보다는 소규모이나 역시 미국인들의 취향이 듬뿍 실려 있다.

뒤이어 '프랑스 마을' 조성의 꿈도 무르익고 있다는 소식이다. 바로 재불 한인회장 송안식 씨가 추진하고 있다.

송 회장은 이곳 남해군 출신이자 프랑스 외인부대에 근무하며 용맹성을 과시한 용사다. 그 뒤 파리에 정착, 건설업으로 성공하여 재불 한인회장으로 선출된 것이다.

송 회장에 앞서 박 회장이 15~16대 한인회장을 역임한 선배다. 이번 독일 마을 탐방 기간에 송 회장이 고향 친구를 통해 박 회장의 숙소로 과일 바구니를 보내주기도 했다.

이 같은 송 회장의 집념에 비춰 보면 머지않아 남해에 프랑스 마을이 조성되어 남해군은 독일, 미국, 프랑스 마을 등 글로벌 관광마을로 더욱 명성을 울릴 것으로 기대된다.

## 후기

· 박광근 회장 회고록을 집필하고

## 추천사

· 한인 교민이라면 누구나 기억하는 길라잡이 / 박성범
· 국내외 국민과 후세들에게 많이 읽혀져
　삶에 도움이 되길 / 권이종
· 유럽 한인 이민 역사의 산증인 / 한상현
· 아주 작은 나라 사랑의 밀알 / 박관식

# 박광근 회장 회고록을 집필하고

파독 광부 성공신화로 소문난 박광근 회장의 회고록을 집필하게 된 조그마한 계기가 있었다.

어느 날 박 회장이 파리에서 서울로 와 몇 달 체류하게 됐으니 이 기회에 자신에 관한 글을 청탁하고 싶다는 뜻을 문자 메시지로 보내왔다. 뜻밖이라 사양할 수밖에 없었다. 이미 은퇴 기자로 필력이 노쇠했기 때문이었다.

그러나 박 회장은 5년 전쯤 필자가 발행하던 월간 『경제풍월』과의 인터뷰 인연을 살려 꼭 집필을 부탁하고 싶다고 간청하니 수락할 수밖에 없었다.

이때 성공인의 인생 기록을 집필하자면 몇 가지 어려움이 따르고, 어떤 약속도 전제돼야 했지만 그냥 맡기로 했다.

그로부터 석 달 가량 주 1회씩 만나 질문하고 답변하는 식으로 잔뜩 메모했다가 다시 관련 자료들을 찾아 비교해 가면서 원고를 작성하는 방식으로 진행했다.

필자가 박 회장을 처음 만난 것은 이보다 훨씬 앞선 2016년 서울 강남의 어느 조찬포럼의 초청 연사로 갔던 현장이었다. 이 무렵 매 주말이면 광화문 태극기 집회에 나가 마이크를 잡고 "나라가 어찌 이토록 잘못되어 가느냐"고 울분하던 시기였다.

이날 조찬 강연에서도 "왜 세상이 우리네 노인들에게 나

랏일을 걱정하게 만드느냐"는 요지로 정치권을 비판했던 기억이 난다.

강연 후 조찬 테이블에서 파독 광부 출신으로 대불 한인 회장을 역임했다는 박 회장의 인사를 받고 매우 반가웠다.

경제기자 초보 시절 수출전선을 취재하다가 정부의 파독 인력수출 계획에 관해서도 취재 보도한 기억이 새롭게 떠올랐기 때문이다.

그로부터 얼마 뒤 박 회장이 중구 필동에 있는 월간 『경제풍월』 사무실을 방문하여 즉석 인터뷰를 통해 그의 파독 광부 성공 이야기를 장문으로 보도했다.

파독 광부 이야기는 들을수록 감동과 눈물이지만 박 회장의 경우 6·25 참전 경찰 유자녀로서 굳은 의지로 자수성가의 공든 탑을 쌓은 사례였다.

박 회장에 앞서 필자는 파독 광부와 간호사들의 열성적인 헌신이 국가경제개발에 큰 기회가 된 사실을 들은 적이 많았다.

1964년 박정희 대통령의 서독 국빈 방독을 수행한 통역관 백영훈 박사로부터 파독 광부들과 박 대통령이 만난 현장의 생생한 기록을 몇 차례나 들었다.

또 취재기자로 수행했던 한국일보 정광모 기자로부터 "나라가 가난하여…"라는 박 대통령의 울분을 전해 듣기도 했다. 이런 사연이 있었기에 박 회장의 이야기를 금방 실감 나게 듣고 느낄 수 있었던 것이다.

다시 박 회장에 앞서 2012년쯤에 만난 (사)한국파독광부

총연합회 김태우(金泰雨) 회장이 파독 근로자 수출정책이 국가발전에 크게 기여했다고 강조했다. 필자는 물론 그의 주장에 적극 동조했다. 파독광부총연이 2009년 발행한 『파독광부 백서』에 따르면 1964년부터 1977년까지 광부 7968명, 간호사 1만1057명이 파독됐다.

파독 인력수출을 종료시킨 1977년은 우리나라 총수출이 100억 달러를 돌파한 해로 '조국 근대화의 분수령'에 도달한 시점이었다.

이는 광부와 간호사 등 인력수출의 성공적 목표가 달성됐다는 의미이기도 했다. 파독 근로자들의 산술적인 최대 공헌은 땀과 눈물의 국내 송금이었다.

1964년 파독 광부 제1진이 보낸 첫 송금액은 44만 8천 마르크로 환산하면 11만 2천 달러였다. 이듬해인 1965년 273만 달러로 늘어나고, 1975년에는 무려 2768만 달러를 기록했다. 이처럼 엄청난 국내 송금이 국가경제개발 종잣돈으로 요긴하게 활용됐음을 말할 필요가 없다.

박 회장은 파독 광부로 미지의 세계를 탐험하기로 결행했지만 사전에 확고한 신념의 준비가 있었다.

독일은 일본과 함께 패권국에서 단기간에 경제 강국으로 성공한 선진국이니 기술과 경험을 배워 올 대상이 아닌가. 비록 광부로 파독됐지만 독일의 선진기술을 배워 자립하겠다는 각오였다.

광부 생활 틈틈이 독일어를 학습해 오래지 않아 독일어를 통역할 수 있는 수준에 도달했다. 그러나 기술계 학교에 진학할 기대와 꿈이 차질을 빚게 되자 인접국 파리로 진출하겠다고 진로를 변경했다.

즉각 독·불어 사전을 구입해 불어를 학습하면서 광부 노무계약 3년이 종료되자 아무런 배경 없는 파리로 직행했다. 파리 도착 첫날 숙주나물 공장에 취업하여 생계를 유지하면서도 불어학원 학습에 열중하여 파리 정착을 위한 기초 언어 밑천을 확보했다.

곧이어 숙주나물 공장장 승진을 기회로 서울에 있는 부인과 첫딸을 초청하여 이산가족 상봉으로 일가를 회복했다.

이때 가장 먼저 신앙 생활화의 실천으로 가족 예배를 시작하여 파리연합교회를 설립함으로써 구라파 최초의 한인 교회로서 재불 한국인들의 정신적 구심점 역할을 다했다.

이와 함께 생업으로 식당 「오아시스」를 개업하니 파리 최초의 김치, 된장 맛의 한식당으로 현지 한인은 물론 유학생, 관광객 등 모두에게 모국의 향수를 달래줄 수 있었다.

잠시 되돌아보면 여기에 이르기까지 박 회장의 자립성가 기반은 불어에 능통한 소통력이었다. 독일에서도 그 어려운 현지어를 열심히 학습했었다. 이것이 바로 남다른 성공 요소라고 본다.

박 회장의 파리 진출 성공의 하이라이트는 재불 한인회장으로 선출되어 두 임기를 성공적으로 수행한 성과이다. 독일을 떠나 파리로 입성한 지 불과 13년 만에 뿌리를 내려 재불 한인 사회의 얼굴로 부상했으니 이보다 더 크게 속성으로 성공할 수가 있을까.

박 회장은 6·25 참전 경찰 유자녀로 고달픈 이민생활 내내 조국 사랑의 일편단심을 보여줬다. 프랑스가 6·25 참전 16개국의 하나로 박 회장의 조국사랑 코드와도 맞는다. 이 때문에 프랑스 6·25 참전 용사협회와도 친교를 쌓아왔다. 박 회장은 선친의 호국정신을 계승하여 '6·25 진실 알리기 운동' 해외담당 이사로도 활동하고 있다.

박 회장은 프랑스 신도시 개발 프로젝트에 한국기업 투자유치 역할을 맡고 모국의 경제개발에도 적극 참여, 기여했다.

그리고 이 같은 풍부한 경력을 바탕으로 '세계 한민족' '한상인' 총연합회의 창립 멤버로 참여하여 다양하고 폭넓은 활약을 펼치고 있으니 자랑스러운 글로벌 한국인의 얼굴이 아닌가.

박 회장이 모국을 떠나 먼 타국에서 55년간 쌓고 이룩한 자수성가 대기록의 원동력은 과연 무엇이었을까.

파독 광부로 출국한 그 날부터 다짐한 남다른 의지와 신념을 끝까지 실천한 결실이라고 믿는다. 이 때문에 필자는 파독 광부의 성공실록 기록자로서 보람을 갖는다.

아울러 박 회장의 성공을 기반으로 밀양 박씨 양반가문 혈통의 뿌리를 크게 번창시키고 국가 유공 선대의 애국충정을 빛낸 사실도 높이 평가한다.

기록자  배병휴

# 추 천 사

## 한인 교민이라면 누구나 기억하는 길라잡이

박광근 회장이 해외생활을 마무리하면서 삶의 후반부를 정리한 자서전을 낸다니 반가운 일이 아닐 수 없습니다. 마음 모아 진심으로 축하합니다.

1970년대부터 1990년대에 이르는 약 30년 동안 박광근 회장은 그때까지만 해도 그리 넓지 않은 우리 교포사회의 유럽 진출 역사에 중요한 기록을 남긴 인물입니다. 그는 파리를 중심으로 한 한인 교민이라면 누구나 기억하는 길라잡이였습니다.

저는 1979년부터 1987년까지 KBS 파리 특파원을 지내면서 박 회장의 활동과 교민사회를 위한 역할을 가장 가까이에서 지켜본 사람으로서 그의 성실성과 봉사정신을 늘 높이 평가해 왔습니다.

그가 유럽의 한국 교민사회를 위한 봉사활동을 마치면서 그동안의 활동과 추억을 엮어 책으로 출판하게 된 것을 다시 한 번 축하드립니다.

전 국회의원(15·17대, 서울 중구)
전 KBS 보도본부장 박 성 범

# 추 천 사

## 국내외 국민과 후세들에게 많이 읽혀져
## 삶에 도움이 되길

먼저 같은 광부 출신 동료로서 박광근 회장의 『독일에서 파리로』 회고록 출간을 진심으로 축하드립니다.

국내외 2만여 명의 많은 광부 동료들 중에서 저에게 추천사를 쓸 수 있는 기회가 주어져 매우 감사하고 영광입니다. 제가 존경하는 박 회장은 평소의 언행만 보아도 충청도 양반임이 몸에 배어 있는 사람입니다.

"55년이라는 긴 세월 동안 유럽에서 생활한 것이 자랑할 것은 없겠지만…."

박 회장은 머리말 첫 줄에서 이렇게 표현했습니다. 그러나 추천인이 본 박 회장은 누구보다도 자랑할 내용이 많은 분입니다. 파란만장한 삶 속에서 수많은 역경을 이겨낸 개척자입니다. 같은 광부 출신으로 박 회장과의 인연이 매우 자랑스럽습니다.

독일로 간 근로자 약 2만여 명은 각자 가정, 사회, 국가를 위해 참으로 많은 업적을 남겼습니다. 그 중 박 회장은 누구보다도 머리뿐 아니고 발로 직접 뛰는 기업인입니다.

박 회장의 화려한 경력 중 대표적인 두 가지만 소개합니다. 먼저, 박 회장은 유럽 최초로 1973년에「오아시스」한식당을 개업했습니다. 또한 경부고속철도 토목공사 한국 지사장, 모국과 EU 경제 분야 교류협력에 큰 업적을 남긴 산 증인입니다.

독일로 간 많은 근로자들 중에서는 전 세계 도처에서 광산과 병원 근무를 마치고 각자의 분야에서 학자, 기업인, 작가 등으로 국내외에서 활동하는 인재들이 많습니다. 그런데 박 회장은 누구보다도 차별성이 있습니다. 박 회장은 광부로 일한 뒤 파리 소르본대학을 수료한 이후 식당업, 여행사, 무역업 등 매우 다양한 업종에서 능력을 두루 갖춘 인물입니다.

박 회장이 성공하기까지는 여러 중요한 요인이 있지만 두 가지만 언급하자면 하나는 신앙의 성숙 과정이었습니다. 또 다른 하나는 근면, 성실, 정신력이라고 요약할 수 있겠습니다.

저는 모든 역경을 이겨내고 독일생활에서 배운 근면, 성실 정신으로 성공적인 삶을 살아온 박 회장의 머리말과 책 목차를 읽고 감동받았습니다.

특히 "박광근의 이발 솜씨가 제일 좋다", "주말과 휴일에는 손님이 많았다", "광부 월급에 비등할 만큼 수입이 늘어났다"는 내용은 제 심금을 울리기에 충분했습니다.

왜냐하면 추천인도 돈을 더 벌기 위해 광산 일을 연장하고, 주말에도 독일 도매 과일 가게 등 여러 아르바이트를 한 일이 있기 때문입니다.

책의 구성은 파독 광부의 바늘구멍 행운, 꿈과 열정, 박광근은 누구인가, 독일 떠나 모험의 파리 진출, 파리의 한식당, 6·25 참전 유자녀, 재불 한인 회장, 재불 성공자산으로 모국에 공헌, 세계 한민족과 한 상인, 자립·자강 자수성가의 얼굴, 떠나온 고향 산천 반세기, 자랑스러운 조국 대한민국이여, 파독광부 간호사들의 귀향촌 순입니다.

이 책이 국내외 국민과 후세들에게 많이 읽혀져 삶에 도움이 될 것이라고 자신 있게 추천합니다.

왜 우리가 독일 막장에 광부로 가야만 했던가, 그들의 외화 벌이가 한국경제 발전에 어떻게 기여했는가, 한 사람이 일생 동안에 얼마나 많은 업적을 남길 수 있는가 등에 대한 답을 이 책에서 찾을 수 있기 때문입니다.

한국교원대학교 명예교수
파독근로자연합회 이사장 직무대행

교육학 박사 권 이 종

# 추 천 사

## 유럽 한인 이민 역사의 산증인

    회고록의 주인공인 박광근 장로님은 저희 교회를 창립하신 장로님이자 유럽 한인 이민 역사의 산증인이신 분입니다. 그의 인생이 개인 역사를 넘어 그처럼 자신 있게 언급하는 몇 가지 이유가 있습니다.

    첫째, 영화 『국제시장』으로 잘 알려졌듯이 일본의 식민지와 전쟁의 잿더미에서 오늘날 기적 같은 경제성장의 계기가 되었던 '파독 광부'를 다녀오셨습니다. 가진 거라곤 몸밖에 없던 시대에 외화벌이로 목숨을 건 일은 가족과 조국을 사랑하는 한국인 특유의 정체성(正體性)에서 비롯된 것입니다. 덕분에 우리는 식민지 독립 이후 유일하게 지원받던 나라에서 원조하는 나라, OECD 가입과 세계10대 경제대국이라는 풍요로움을 얻었습니다. 바로 그 역사의 중심에 박광근 장로님이 계셨습니다.

    둘째, 유럽 최초의 한인식당 「오아시스」를 시작하셨습니다. 오늘날 한류의 영향으로 유럽 대부분의 나라에서 한식

독립하여 오늘날에 이르렀습니다. 당시 아무 연고 없이 파리에 간 사람들에게 「오아시스」박 사장을 찾아가 보라고 할 만큼 장로님은 사람들을 그리스도의 사랑으로 품어줘 서글픈 타지의 한인들에게 큰 도움을 주셨습니다.

셋째, 프랑스 최초의 한인교회 「파리연합교회」를 창립하셨습니다. 특별히 「파리연합교회」는 목회자가 개척하는 일반적인 교회들과 달리 교민들이 교회의 필요성을 절감하며 기도로 개척한 교회입니다. 1972년 창립하여 내년이면 50주년이 되는데, 지금껏 창립자가 50년간 매주 건강히 교회를 출석하는 은혜를 보여주십니다. 한국 이민사회는 독특하게도 한인교회를 설립하여 교민사회의 구심점 역할을 감당하는데 「파리연합교회」가 바로 그 주인공입니다. 또한 「파리연합교회」는 오늘날 파리에 15개 교회들의 산파 역할을 한 모교회입니다. 이제는 교민 2~3세 자녀들이 주축이 되어 프랑스 젊은이들이 찾아오는 교회로 현지화되었습니다.

넷째, 이러한 일들이 자연스레 한인회 조직으로 이어지고 박광근 장로님을 중심으로 이민 1세대가 한마음이 되는 역할을 감당하셨습니다. 책에서 밝혔듯이 88 서울올림픽 때 올림픽후원회장으로 앞장서셨으며, 프랑스의 문화경제 교류에도 지대한 공을 세우셨습니다. 한국고속철도의 시작이 되었던 TGV 사업은 물론 프랑스의 다양한 예술적인 사업 배후에는 항상 박광근 장로님이 계셨습니다. 이런 발판으로 한국문화와 기술이 오히려 프랑스로 역수출되는 시대를 살고 있습니다.

이러한 이유로 박광근 장로님의 55년 이민의 역사는 한 개인의 역사를 넘어 '유럽 한인 이민사의 디아스포라 한인들의 전형적인 모델'이라고 자신 있게 말씀드릴 수 있습니다.

부디 이 책을 통해 가장 어려웠던 시대, 나라를 떠나 타지에서 살아온 이민자들의 고달팠지만 자랑스러운 역사가 많은 이들의 가슴에 따뜻하게 기억되기를 바랍니다.

파리연합교회 담임목사

한 상 현

# 추 천 사

## 아주 작은 나라 사랑의 밀알

"김연아 선수가 2010년 밴쿠버 동계올림픽에서 금메달을 딸 수 있었던 것은 박광근 전 재불 한인회장의 보이지 않는 '아주 작은 나라 사랑의 밀알'에서 비롯되었다."

저는 화두에서 이처럼 감히 자신 있게 말할 수 있습니다.

박광근 회장을 잘 모르는 사람들이 이런 뜻밖의 말을 처음 들으면 다짜고짜 이 무슨 황당한 추론이냐며 반기를 들지도 모릅니다.

하지만 박 회장을 직접 만나 보면 그의 애국심이 보통사람들과 사뭇 다르다는 것을 감지할 수 있습니다.

박광근 회장은 1978년 프랑스 스키 도시 므제브에서 열린 제3회 피겨스케이팅 주니어 세계선수권대회의 한국 단장을 맡은 적이 있습니다. 물론 이 분야의 전문가가 아닌데도 당시 주불 한국대사관의 윤석헌 대사의 간절한 부탁에 따른 결정이었습니다.

그때 참석하려던 한국빙상협회 박동선 회장이 급작스런 미국 의회 출석으로 못 오는 바람에 단장 자격으로 한국 대표인 임혜경 선수(중학생)를 뒷바라지해 준 것입니다.

경기 한 달 전에 도착한 임혜경 선수를 위해 모든 일을 젖혀놓고 물심양면으로 도와준 그 마음을 누가 알아주리오!

프랑스 파리 생 클루드 스케이트장에서 연습을 시키며 공을 들인 후 므제브 경기장에 도착해 본 수많은 국기 속의 태극기를 바라보는 그 감동은 이루 말할 수 없었을 것입니다.

세계 최초의 주니어 피겨스케이팅 세계선수권대회는 1976년 3월 프랑스 므제브에서 「ISU Junior Figure Skating Championships」로 열렸습니다. 1977년 대회는 같은 장소에서 동명으로 다시 열렸지만, 이 대회는 1978년 공식적으로 「World Junior Figure Skating Championships」로 개명되어 므제브에서 다시 한 번 개최됐습니다.

마침내 김연아(16·군포 수리고) 선수가 2006년 슬로베니아 류블랴나에서 열린 제31회 주니어 세계선수권대회에서 챔피언을 차지하며 한국의 피겨스케이팅이 세계에 알려지기 시작합니다.

드디어 김연아는 2007년부터 국제빙상경기연맹(ISU) 피겨스케이팅 시니어 그랑프리시리즈 대회에 출전합니다.

그해 임혜경 빙상경기연맹 피겨 경기이사는 "채점기준이 강화되면서 스텝과 스핀 연기에서 높은 레벨의 점수를 받는 게 더욱 힘들어졌다."며 "하지만 김연아는 여자선수로는 드물게 러츠를 포함해 점프 동작을 정확하게 구사하는 강점이 있어 강화된 채점 기준이 유리할 수 있다."고 조언했습니다.

추천사 – 아주 작은 나라 사랑의 밑알

바로 그 옛날 어린 중학생이 훗날 코치와 경기이사로 성장해 알게 모르게 김연아 선수를 키운 것입니다.

저는 이따금 시간이 날 때마다 동작동 국립현충원에 가는 것을 좋아합니다. 6·25전쟁 때 전사하신 아버지의 전우들을 찾아 목례하며 충정의 마음을 다집니다. 저의 아버지가 부상당했던 1951년 7월경에 전사한 전우들의 묘비를 어루만지면 왠지 모르게 마음이 평온해집니다.

국립현충원을 찾던 초창기에는 가끔씩 충혼탑 실내에 모신 위패에도 예의(禮儀)를 보였습니다. 그런데, 바로 그 옛날 제가 찾았던 그 충혼탑에 박광근 회장의 선친 위패가 모셔져 있었던 것입니다.

경찰관이었던 박광근 회장의 선친은 순환 보직에 따라 덕산, 대흥, 신양, 오가리 지서를 거쳐 신례원 지서장으로 근무할 때 6·25 남침전쟁을 만났습니다. 이 무렵 전투경찰 임무로 후퇴와 전진을 거듭하던 선친은 막바지 인민군 패잔병들과의 교전 끝에 안타깝게 전사했습니다.

그 당시 치열한 전투로 시신을 수습하지 못해 결국 선친의 유혼은 서울 동작동 국립현충원 충혼탑에 위패로만 모셔졌던 것입니다.

나중에 그 사실을 듣고 박 회장과의 인연(因緣)에 새삼 놀랐습니다. 같은 밀양 박 씨인 데다 저의 부친 성함 박대룡(朴大龍)과 닮은 함자 박건룡(朴建龍)이 그랬고, 같은 논산훈련소 출신인 박 회장의 군번(11105852)이 저의 군번(13020852) 끝자리와 똑같은 우연의 일치에 미소가 절로 나왔습니다. 그동안 박 회장과 저 사이에 논산훈련소를 거쳐간 병력은 191만 5천명이나 되었습니다.

박광근 회장은 6·25 참전 경찰 유자녀로서 파독 광부로 독일에 갔다가 프랑스 파리로 진출하여 재불 한인회장까지 역임한 그야말로 '성공한 재외 한국인의 얼굴'입니다.

박 회장이 파리 정착과 동시에 유엔 참전 16개국의 일환으로 한국전선에서 피 흘린 프랑스 참전용사협회와 각별한 우호 관계를 맺은 것도 태생적으로 확고부동한 국가관과 역사관을 지녔기 때문입니다.

박 회장은 프랑스 참전용사협회가 협조 요청한 6·25 참전기념 박물관에 전시할 전쟁 유물의 수집을 적극 도와 은장공로훈장까지 받았습니다.

박광근 회장은 파리 최초의 한인교회와 한인식당을 개척한 이후 재불 한인회장을 거쳐 한불 경제협력에 앞장서 경부고속철도와 하수종말처리장 사업 발전에 크게 기여했습니다. 참으로 본받을 만한 애국자입니다.

이번에 회고록을 내면서 박광근 회장만의 남다른 성공철학을 배울 수 있어 감개무량했습니다.

감사합니다.

박 관 식(소설가)

박광근 회장 회고록

# 독일에서
# 파리까지

**초판 발행** ｜ 2021년 8월 15일

**지은이** ｜ 배병휴

**펴낸곳** ｜ 도서출판 말벗

**펴낸이** ｜ 박관홍

**등록번호** ｜ 제 2011-16호

**주소** ｜ 서울 영등포구 문래로4길 4 (204호)

**전화** ｜ 02)774-5600

**팩스** ｜ 02)720-7500

**메일** ｜ mal-but@naver.com

www.malbut.co.kr

**ISBN** ｜ 979-11-88286-20-1(03810)